シャンティ デイズ

365日、幸せな呼吸

永田琴
NAGATA KOTO

祥伝社文庫

CONTENTS

第一章

出会い

スタートライン・海空の場合

そうだ、東京に行こう。

視界は、真っ赤なリンゴで埋まっていた。

数秒前、収穫用の梯子《はしご》からバランスを崩して落ち、私は突然決意した。地面には憎らしいほど活き活きと育った草が生えていてクッションの代わりをしてくれたので、さほど痛みもなくそのまま地面に寝転んで考えをめぐらせることができた。

視界の中に映る真っ赤なリンゴリンゴリンゴリンゴ。これが全部赤い風船で、何も手をかけずに空に飛んでいってくれたらどんなに楽だろう。そうすれば私の貴重な青春をこのリンゴ収穫作業に費やさなくてすむのに……。

花が咲く春には摘花《てきか》、実がなる秋には収穫、それ以外に雑草取りやらなんやら、リンゴ農家に生まれたばっかりにやらなければならないことが山ほどある。そのたびに家族の私は当然のように一労働力として数えられてしまう。

とっちゃ（お父さん）は口癖のように、海空は幸せもんだな、家族が育ててきたこのリンゴの樹さえあれば一生困らん。かわいがりさえすれば応えてくれる。これ全部、海空の財産なんだぞ、と一人娘の私に言った。

幼いころは「財産」という言葉がどうもしっくりこなかった。こんなに汗水流して手間がかかるのに財産？　財産があるというと、ドレスでも着て大きなソファに腰かけてお茶でも飲んでゆったりと時間を過ごせるのではないのかと思ってしまう。

私の場合その真逆だ。

成長するにしたがって、「一生困らない」という言葉は「一生変化しない」という言葉に変わっていった。

「一生変わらず、このリンゴ畑の中で生きていくんだぞ」

まだ五年先の自分すら想像できずにいるのに、いきなり二十年先、三十年先の自分を確定されてしまい恐ろしくなった。春夏秋冬、同じことの繰り返しで年老いていくのだ。お洒落《しゃれ》することもなく、一生この割烹着《かっぽうぎ》でことたりてしまう人生。

嫌だ、そんなの絶対に嫌だ。

ぐらりと梯子が傾き、ふわりと身体《からだ》が空中に浮き、どすんと地面に叩《たた》きつけられた次の瞬間、この青森から逃げだすことを思いついた。簡単なことだ。ここから出ればいいだけのことじゃないか。でもどこに行く？

……トウキョウ。

思わず口をついて出たのがこの言葉だった。

東京に行く自分の姿はうまく想像できないけど、そのほうがいい。想像できる世界よりもっとずっと興奮する。

そのとき遠くから「海空〜！」と呼ぶ声が聞こえた。かっちゃ（お母さん）の声だ。

「何やってんず？　そったらところで（何やってるの？　そんなところで）」

かっちゃが私を見下ろして言った。

「……別に」

あえて素っ気なく答えた。今の高揚した気分を悟られたくなかった。かっちゃは呆《あき》れたような顔をすると「昼ご飯」と残して戻っていった。その後ろ姿を見ながら、かっちゃのことを思った。かっちゃは嫌じゃなかったのだろうか。こんなリンゴ農家に嫁入りして、年中リンゴと向き合う人生をどうして選んだのだろう。

私は東京へ行くためのお金を貯《た》め始めた。もちろん親には内緒だ。家を出るなら嫁に行けと言われるのは目に見えているからだ。

大学、短大、専門学校の話も出たことはある。もし行くなら私は東京の学校へ行きたかった。だけど、未成年が独り暮らししてまで大学に行く必要はないというのがうちの親の考え方だ。どうせリンゴ農家をやるんだから、大学に行っても無駄に時間を過ごすだけ、それなら早いこと結婚したほうがいいと言うのだ。

それに東京に行くといっても何か目的がある訳ではない。目的はむしろここから抜けだすことで、お洒落な街で人並みにお洒落したいという不埒《ふらち》な理由でしかないから、話したところで許される訳がない。収穫でもらえるアルバイト代はごくわずかだ。利かなくてもいい家族割が大幅に利いてパートさんたちに比べたら雀《すずめ》の涙ほどの金額しかもらえない。

それでも買いたい物があるからと誤魔化してなんとか少しだけ上げてもらった。これまでお金を貯めてこなかった自分をちょっと恨んだが、それより一刻もはやくお金を貯めて東京に行こうと前向きな気持ちになった。収穫以外の時期も、喫茶店やレジ打ちなどのアルバイトをすることにした。

目標は百万円。最初の家賃と生活家電を揃《そろ》えるお金、あとバイトを見つけるまでの生活費。百万円あれば、すぐにバイトが見つからなくてもなんとかなるだろう。けれど百万のハードルはそう低くはなかった。親に隠れてバイトをするのには限界があったし、我が家の場合、じっちゃ（おじいちゃん）とばっちゃ（おばあちゃん）も一緒に食事は家族五人揃って食べるのが当たり前で、食事の準備はかっちゃと私がやると決まっていた。

ときどき、かっちゃが出荷作業で手を離せないときは一人で五人分の食事を準備することもあった。私はリンゴ農家の作業員の頭数として完全に組み込まれていた。もしいなければ何をやっているのか根掘り葉掘り聞かれるから席を外しているなんてことはありえない。つまりウチは風通しが良すぎた。

そうこうするうちに三年がたってしまい、私は二十一歳になっていた。

二十一歳……。

声に出してみると、腰の辺りがすぅすぅした。季節の変わり目の冷たい空気のせいじゃない。不安がよぎったのだ。成人式のときには、地元の友達を見渡し勝手に優越感に浸り、今に見ておれと心の中でほくそ笑んだのに、あの決心の日からはや三年。

もう待てない。

引き出しに隠していた津軽飴《つがるあめ》の缶を取りだした。蓋の上ではねぶた祭りの赤い羅《ら》漢《かん》さんが見栄をきるような格好で怖い顔を向けている。大きさが丁度いい上に、羅漢さんが門番をしてくれるような気がして、この缶にお金を貯め始めた。

缶の中のお金を数えると八十八万円だった。あと十二万円で目標の百万円。だが、あいにくこのペースだ。目標をかなえるためには今の収穫が終わってから少なくとも一か月以上のアルバイトが必要となる。

ばっちゃが「八」は末広がりで縁起のいい数字だとよく言っていた。だから出荷数が三十八箱とか、八で終わる数字になると「縁起がいいね」と顔をくしゃっとさせて喜ぶのだ。八十八は、「八」がダブルだ。ばっちゃに言わせれば相当縁起がいいことになる。

収穫が一段落したら家を出よう、私は決めた。

台所から、かっちゃの呼ぶ声が聞こえた。そろそろ晩ご飯の支度の時間だ。


いつもと同じ、なんてことない朝食が終わり、家族はそれぞれお弁当を持って畑へ出かけていった。一番忙しい収穫時期を終え、私はバイトの許可をもらっていた。今日からまた海空はバイトに行くんだなと、とっちゃとかっちゃは疑わない。

夜のうちに準備しておいたスーツケースを取りだし、中を開けて羅漢さんの赤い顔をもう一度確認すると、思わずそのいかつい顔に向かって「いよいよだよ」と言ってしまった。もしかして今の私はこの羅漢さんと同じくらい紅潮しているかもしれない。

みんなは夕方まで帰ってこない。そのころ私はもう東京にいるだろう。かっちゃの鏡台の上に手紙を残して二十一年間育った家を後にした。ちょっとは寂しさを感じるのかと思ったけど、むしろこれから始まる未知の生活への期待で胸が躍っていた。


東京まで新幹線で三時間。あっという間だった。目星をつけておいた不動産屋に行き、できれば住む場所（贅沢《ぜいたく》は言わない）を決め今日は格安のビジネスホテルに泊まる予定だ。

でもその前に、どうしても行きたい場所があった。原宿《はらじゅく》だ。

これまで雑誌でなん度となく見てきた原宿。お洒落発信地。海外セレブが覚える日本語、「カワイイ」「キティちゃん」「ハラジュク」の、「ハラジュク」だ。

山手線《やまのてせん》というものに乗った。私は原宿へ到着するまでの電車の中で、もしかしてこれまでの人生で出会った以上の人に会ったかもしれない。

東京ずどごぁ、たまげるだけ人の多いどこだよ（東京というのは驚くほど人が多い街よ）と親戚の咲代《さきよ》おばちゃん（かっちゃの妹）が言っていたのを思い出した。咲代おばちゃんがあのときなんの用で東京に出かけたのかは、はっきり覚えてないけど、少し興奮気味に言っていたのを覚えている。今ならあのときの咲代おばちゃんの興奮が理解できる。

気づくと周りには私と同じような年ごろの男女がたくさん乗っていた。みんな個性的にお洒落をしている。私だってクローゼットの中から（正確には箪笥《たんす》の中から）一番のお気に入りを着てきたのだから負けてないはず。

チェックのネルシャツに今年一番の流行のオーバーオールデニム、それから今日のために用意したエメラルドグリーンのハイヒール。足首のところにストラップが付いているのがかわいい。デニムでもヒールを合わせることでお洒落《しゃれ》度がアップ、というのはいつも愛読している雑誌に載っていたことだ。新幹線の中でハイヒールに履き替え、古い靴はお弁当の空き箱と一緒に新幹線のゴミ箱に捨てた。

「原宿」というアナウンスが聞こえると同時に若者たちから押しだされるように駅に降り立った。

次の瞬間、急に暑さを感じた。そのとき初めて東京は青森にくらべ随分気温が高いのだと気づいた。なぜさっきまで平気だったのだろう、首にぐるぐる巻いたマフラーがとてつもなく暑苦しく感じてせわしなくはずすと、鞄《かばん》に仕舞った。それだけで身体が軽くなったような気がして、笑いがこみ上げてきた。ぐふふふ……とうとう来たんだ。

おのぼりさんだと思われたくなかったけど、どうしても我慢できず、バックに原宿駅の看板をしょってピースをすると携帯で自撮りした。周りの人が、ちょっと変な目で見て通り過ぎていく。構わない、そんなこと全然気にしない。だってこれから私も東京の住人になるんだもん！

百聞は一見にしかず。

すばらしいことわざだと思う。この街をこの通りを何度も写真で見ていたけど、今私が歩いているこの場所と到底同じとは思えない。ふえ〜っと声をあげずにはいられなかった。

白い紙を渡されて、「ここにビルを描いて」と言われたら私は間違いなくまず長方形のハコを描くだろう。でも東京生まれ、東京育ちの人はどうだろう？　だってここのビルはただの四角じゃないんだから。これは一体どういう形？　そんな説明するのも困るような形のビルが個性的に並び、雑誌でしか見たことのなかったロゴのお店が軒を連ねている。そして今、私はそこにいるのだ。

そのときだった。手に持った携帯が鳴りだしたのは。かっちゃからだった。置き手紙が予想より早く発見されてしまったのかもしれない。でもそんなことより問題は、今電話に出たとしたなら、この人混みの中でかっちゃとの津軽弁トークを披露しなければならないってことだ。それだけは絶対にできない。私は電話を無視した。ただ、ウチのかっちゃはあきらめがいいタイプではない。着信音はやまなかった。この感じだと出るまで鳴らし続けるつもりだろう。せっかくの原宿気分が台無しだ。私は仕方なく電話に出た。こちらが何か言う間もなく一言目《ひとことめ》が飛んできた。

「どさいだ？（どこにいるの）」

これだ。私は、仕方なく答えた。

「探さねんでって書いたっきゃさ（探さないでって書いてあったでしょ）」

「探さねんでって書いてあったはんでって、探さねぇ親がどこさおるんずや（探さないでって書いてあったからって探さない親がどこにいるの）」

もっともだ……。

そう、私は置き手紙に、「どうか、探さねんで」と一言書いただけなのだ。これは小さいころ見たアニメの真似《まね》で、タイトルは忘れたけど女の子の主人公が家出をするときに、食卓の上に「どうか探さないでください」と一枚の手紙を残すのだ。

そのときから私は、家出の場合の常套句《じょうとうく》はこれだと決めていた。まさか本当に家出するときが来るとは思わなかったのだけど。

「なが、こそこそアルバイトしちゃあのばれてねぇとでも思っちゃあの？（あんたがこそこそアルバイトしてたのばれてないとでも思ったの？）」

すべてばれていたようだ。敵はやはり手強《てごわ》い。というかそれならどうして何も言ってくれなかったのか？　早くに腹を割って話せていたらもっと早くお金も貯められたかもしれない。

「正直に言いへ。どさいだ？（正直に言いなさい。どこにいるの？）」

この勝負もう負けている？　でも私はいま東京にいるのだ。帰ってこいと言われても帰らなければいいだけのことじゃないか。

「ほら、海空！　はよ言いへ」

こちらが黙っていれば延々と尋問は続く。考えたあげく白状することにした。

「と、東京……」

リアクションに構えて思わず肩に力が入った。けれどかっちゃはさほど驚いていないようだった。こそこそとアルバイトをしていたのを知っていたくらいだから、なんとなく予想していたのかもしれない。ちょっとだけ拍子抜けした。

ただ、泊まるところは決まってるのか？　とか、お金はあるのか？　とか、私の身の上を心配してくれていた。やっぱりかっちゃは母親なのだなと話している裏でぼんやり考えた。とっちゃにはかっちゃから話しておいてくれることになった。ありがたい。とっちゃにあれこれ言われたら説得できる自信はない。

かっちゃがどうしてすんなり許してくれたのか、やっぱりかっちゃはリンゴに捧げた自分の人生を悔やんでいて娘に同じ思いをさせたくないからなのか、そんなこともまたぼんやりと考えたけど、深く考えるのはよすことにした。

私の目の前に一直線に伸びる表参道《おもてさんどう》が私のこれからの道のように思えて、歩く足に力が湧き上がってきた。

スタートライン・KUMIの場合

私は篤史《あつし》を嫌いではなかった。

篤史のフルネームは楢山《ならやま》篤史。私より一つ年下で駆けだしのカメラマン。

出会ったのは、私がようやくモデルの仕事で生活が成り立つようになったころで、篤史はまだアシスタントだった。撮影が終わりスタジオを出ようとしたときに声をかけられた。

「もしよかったら、写真撮らせてよ。お互いの勉強のために」

エレベーター脇でカメラバッグを整理しながら篤史は言った。

モデルとして生活が成り立つようになったとはいえ、まだまだ指名されるほどではなく、だいたいは何人かのモデルのうちの一人だった。だから勉強のためと言われても嫌な感じひとつしなかった。押しつけがましくもなく、言葉通り以外のよこしまな感じもなく、私は素直にオッケーを出した。

返事をしようと近寄ろうとした私に、

「あっと、いま汗臭いから……やばいよ。っね」

と手で遮るようにして、恥ずかしそうに笑った。

私はそのチャーミングさに好感を持ったのだと思う。遮るように出した手はアシスタントならではで、黒く汚れていたけど、男の人らしいごつっとした感じが印象的だった。

写真を撮るとき、篤史は私をリスペクトしてくれた。まるで私がそうされるのを望んでいることを知っているように。撮られる人の気持ちが分かるというのか、人を撮るカメラマンとしては絶対必要な要素をちゃんと備えていた。

篤史の撮る写真は、雑誌の仕事とは違いポージングは必要なく、フリースタイル。自由に自然なままの私を切りとる。だから慣れない私が戸惑うと、スッと言葉をかけてくれ不安を取り除いてくれる。そういう自然な気遣いができる人。

撮り上がった写真を見せてくれるときの篤史は、ただの写真オタクと化す。微妙な粒子感や光の具合、私には分からないことを細かく説明する。本当に写真が好きなんだなと思う瞬間。そんな姿を見ていると、分からないながらも私を笑顔にしてくれた。

何度か写真を撮ってもらったり、食事をしたり、車で送ってもらったりしているうちに、二人の間にそれなりの空気が流れ始めていたのは確かだ。

　ある日の午後、いつものように写真を見せてもらってからスタジオへ向かうのに篤史が車で送ってくれた。それを見た先輩が言った。

「ねぇKUMI、一流のモデルを目指すんだったらちゃんと男を選ばなきゃだめよ。トップに立ったとき隣にいるのがアシスタントでいいの？」

　間違いなく篤史のことを指していた。私には指名の仕事が入り始めていた。無意識のうちに口が動いた。

「彼は違いますよ。送ってもらっただけです」


　トップのモデルになる。それは私の幼いころからの夢だ。

　母が買ってくれたバービー人形が大好きだった。小麦色の肌にバツグンのプロポーション。幼心にそのバービーの裸を見るとドキドキした。バービーの小麦色の肌は私のそれと似ていた。バービーみたいになりたいと言ったら、モデルさんになるしかないわねと母は笑って答えた。

　そんな母はイタリア人で、とても綺麗《きれい》な褐色の肌をしていた。私はその肌の色を譲り受けた。母がリカちゃんでなくバービーを買い与えたのには何か理由があったのかもしれない。

母はイタリア、フィレンツェの育ちだ。ワインの輸入の仕事でイタリアに赴任していた父と出会って結婚した。結婚した直後に父は日本へ戻ることになり母を連れて帰ってきたのだ。そのとき、既に私は母のお腹《なか》にいたらしい。だから私の容姿はエキゾチックなものではあるが、日本生まれの日本育ちだ。

高校を卒業してモデルの道に進むと決めたとき、父は再びイタリアに行くことになった。私が日本を離れたくないのを知って、母は二十歳になるまでは娘と一緒にいると言い、父は約二年、単身赴任となった。

私が二十歳になり自立したのをきっかけに母はイタリアの父のもとへ飛んでいった。そのとき母が見せた生娘のような表情を今でもはっきり覚えている。私も母のようにいつまでも純粋な気持ちで愛せる人を見つけることができるのだろうか……

そんなことを思いながら母を見送った。


「ねぇ、今日メシ一緒に食わない？」

いつものように屈託のない笑顔で篤史が誘うのを断った。明日の仕事のために早く寝たいから。それはある意味本当だった。モデルにとって夜更かしは厳禁だ。だけど心のどこかに先輩に言われた言葉がひっかかっていたのは事実だ。

「そっか……じゃあ仕方ない。明日も頑張れよ」

少し拗ねたような顔をしたが、なんの疑いもなく私のワンルームまで送りとどけ、去っていった。

ちゃんと男を選ぶというのはどういうことか?

この場合、母のようにいつまでも純粋な気持ちで愛せる人を選ぶというのとは、少し違うような気がした。先輩が言うのは「いつか成る自分に見合う男」ということだ。自分がどうなるのかまだ分からないのにどう選べばいいのだろう。もし選んだとしてその人を好きになれるのだろうか? 見合う男イコール愛する男になるのだろうか?

これまでつきあった男の子のことを考えた。特に別れることになったときのことを。

高校のときの彼には、「おまえおもしろくない」と言われて振られた。

それなりに失恋期間をすごし、立ち直ってから「おもしろい」というのはなんなのだろうと考えるようになった。

その後つきあった男の子とは、とりあえずデートがファミレスだとか会っても携帯ばかり見てるとか、私がではなく、私たちのつきあいがおもしろくなくて別れることになった。

そしてもう一人は、母がイタリアに行って独り暮らしをするようになってからつきあった彼だ。おしゃべりが上手で人を笑わせるのに長《た》けた人だった。一緒にいるといつも笑っていて楽しかった。だけど決定的に駄目だったのは、その人は私が仕事に行くのを嫌がる人だったことだ。私は仕事の邪魔をする人とは一緒にいられないとそのときはっきり分かった。

私にとって仕事は生き甲斐《がい》だった。何があっても仕事が第一で、何より仕事をくれた人をがっかりさせたくなかった。もちろん最終的には私の知らない誰か、雑誌を手に取る読者の人たちを喜ばせるのが私の仕事だけど、まずは目の前にいる仕事をくれた人を満足させたかった。そしてまた私を呼ぼうと思ってほしかった。

篤史は仕事の邪魔をする男ではなかった。むしろ逆でいつも私を励まし応援してくれた。仕事の悩みを聞いてくれたことも幾度もあった。言葉にさえしなかったけど篤史が私を好きだということにも気づいていた。それだけに怖かった。特別な関係になることが。

知らず知らずのうちに、誰かに依存する私でなく、自立した私になろうと思うようになった。

ＫＵＭＩの指名が増えるようになると、もっと期待に応えたいという気持ちが大きくなり、食事制限やカラダづくりにも拍車がかかっていった。やればやるほどその先に行きたくなる。モデルのカラダづくりはそんなストイックさがあるように思う。

そのころモデル仲間のあいだでにわかに流行《はや》りだしたヨガを私も始めた。ヨガは家でもできるエクササイズだからいいわよと勧められて始めたのだが、始めて三か月もするとカラダに変化が起きた。

自分で言うのははばかられるが、イタリア人の母親のおかげもあって私は身長にも脚の形にも恵まれていたと思う。モデルにとっては大切なことだ。そんな私の脚がさらに中心に向かってキュッと寄り、より真っ直《ます》ぐになり、筋肉がついてメリハリのある脚となった。

もちろん、かなり真剣に取り組んだ結果だけれども、結果というのはさらに自分のやる気を助長し私のヨガ熱は加速した。

周りの友達は「ストイック」と言ったが、やるからには極めたいというのが私の性格だった。おかげでヨガ講師としての資格を取るまでに至った。

経験に無駄はない。

ヨガのインストラクターとしてデビューしたことが意外にも話題になり、モデル以外の仕事、たとえば商品紹介やコメント、ちょっとしたアイコンになるなど仕事の幅が急速に広がっていった。

私は大勢の中の一モデルではなく、「ＫＵＭＩ」になった。


そのころ篤史はアシスタントを卒業しカメラマンとして独立した。独立とはいってもまだまだ自分の個性で仕事が取れるというのではなく、アシスタント時代からのつきあいでもらった女性誌の仕事や、とある企業の商品紹介の仕事など手当たり次第にこなしていた。

「おれもＫＵＭＩに負けないように頑張るから、ちょっと待っててよ」と言うようになったのはそのころだった気がする。

篤史は私の仕事への姿勢や勉強熱心なところをとても尊敬してくれて、私が必要とするときには、車で送り迎えをしてくれたり惜しまずサポートしてくれるようになった。

私もそうしてもらうことが当たり前のようになり最初は申し訳ないと思っていた気持ちもやがて薄れていった。

なんとなく近くにいるのが当たり前だけど、それ以上でもそれ以下でもない関係。

篤史からデートに誘われると、オッケーするでもはっきり断るでもなく、「はいはい」とか「分かったからまた今度ね」とか年下をなだめるようなそんな答え方をするようになった。


スタジオ内に閃光《せんこう》が広がる。

光の中心にいるのは私だ。

雑誌『MAVERNIS《マヴエルニ》』の表紙を飾ることになったのだ。

私はこの光が好き……。

東京生活・海空の場合

杉並区上井草《すぎなみくかみいぐさ》。

これは私が住むことになったところ。もちろん世田谷区《せたがやく》とか渋谷区《しぶやく》とかいう住所に憧れはあったけど、とても私なんかが住めるような家賃の物件はなかった。近くに中古家電や中古家具などを扱う商店があったので、そこで安く必要最低限の家電と簡単な家具を買った。それから百円ショップで必要な雑貨も買った。

あっさりとした部屋になったけど、満足。それなりに女の子の独り暮らしらしくまとまった、と思う。とにかく何もかも始めてづくしのそのことが、心のツボ（もしかしてカラダのツボかもしれない）を刺激して、長い間眠っていたワクワク感がこみ上げ、それは無意識のうちに含み笑いを生み出した。外を歩いているときはちょっと怪しかったかもしれないけど、あのままこの感覚を味わうことなく、リンゴ畑に骨を埋めたかと思うとゾッとする。八百屋でリンゴを見かけただけでドキッとし、負けないぞと睨《にら》み返した。

贅沢だとは思ったけど、テレビも購入した。液晶テレビ32インチ二万九千八百円。これを買ったのには理由があった。上京当日、原宿でのできごとだ。

かっちゃからかかってきた電話を切り、気持ちもすっきり表参道を歩いていくと、突如声をかけられた。

「ヨガって知ってますか」

目の前にカメラがあった。若い男の人がマイクをこちらにさしだしている。私は咄嗟《とっさ》に「ふぇ？　ヨガぁ？」と聞き返した。

次の瞬間、爆笑された。マイクを持った若い男は「ナイスリアクション！」と言い、カメラを担いだ人も、さらにその後ろにいた長い棒状のプロふうマイクをつきだしていた男の人も肩を震わせていた。

そしてようやく状況を把握した。テレビで観たことある！　街頭インタビューというやつだ。私は興奮した。さすが東京。こんなふうに少し街を歩けば街頭インタビューに出会ったりしてしまうのだ。私は興味津々に訊《き》いた。

「あの……んでそのヨガってなんですかぁ？」

再び爆笑。どうやら私の発音がおもしろいらしい。恥ずかしくなった。これでも標準語を意識して話しているつもりなのだから。私が赤面していると、それに気づいたのか急に笑うのをやめて「失礼しました」と謝った。そして思い出したように「あ、方言かわいいですよ」とつけ加えた。

結局、その「ヨガ」がなんなのか教えてくれなかったが、この番組を見れば分かります、と一枚の番組案内の紙をくれた。……そこに私も出るらしい。これまた興奮する。私の輝かしい東京デビューの日がテレビに記録されたのだから。

そんなこんなで今日がその番組の日だ。時刻はまもなく夜の九時。テレビの準備はできている。というか昼からつけっぱなしになっている。私はというと、昼からずっとアルバイト情報を見ている。とにかくまず仕事を見つけなければ始まらない。

青森にくらべアルバイト先は山のようにある。せっかくだからお洒落なカフェ、お洒落なレストランなんかで働きたい。パリッと白いシャツを着て腰から下のかっこいいエプロンをして。お洒落な雑貨店でもいい。毎日かわいい小物に囲まれてアルバイト。想像しただけでウキウキしてくる。

「日本では今、空前のヨガブーム……」突如ヨガという言葉が耳に飛び込んできた。顔を上げるとテレビの中では沢山の人がカラフルなウエアでポーズをとっている。画面の端には『まだまだ知られていないヨガの魅力』と出ている。これだ。私はリモコンを取るとボリュームをあげた。

ヨガというのは、見たところ柔軟体操のようだけど、かなりカラダにいいらしい。ダイエット効果がある上に、ストレスから解放されるとか、アレルギーが治るとか現代人にとってはまたとない健康法だとか。しかも二百万人以上もの人がすでにヨガにはまっているらしい。それは避けて通れないなぁ、と思った矢先だった。

画面は切り替わり、神秘的なギリシャ神殿のような場所になった。光が神々しく差し込み、その光の先に一人の女神が登場した。女神は優しく微笑《ほほえ》むといきなり片脚を背中に向けて上げはじめた。細く長く伸びた脚はみるみる頭のほうに近づいていき、背中は弓なりに反っている。女神がまとったサーモンピンクのドレスの裾がヒラヒラと風にゆれた。

女神は次々とポーズを変えていく。どれもしなやかで人間とは思えないポーズを形作っている。声が出なかった。その身体のカタチにというより、その美しさに。大袈裟《おおげさ》ではなく、この世のものとは思えなかった。そのまま額の中に入れてしまっておきたいようなそんな美しさだ。

その女神は、KUMIという名前で、『マヴェルニ』という雑誌の表紙を飾るモデルで、『studio yoghat《スタジオヨガート》』というところでヨガのインストラクターをしているということだった。私は声に出して言ってみた。

「ＫＵＭＩ……」

そのとき女神と目が合った。正確にはカメラ目線というやつだ。女神は言った。

「見ているだけでは分かりません。是非一度やってみてください。そうすれば必ずヨガの魅力に気づいてもらえることと思います」

「やる、わぁも（私も）やる。ヨガやる！」

私は、テレビに向かって叫んでいた。

次の瞬間、見たことのある顔が画面いっぱいに映っていた。ヨガを知っていますか、と質問され、聞き覚えのある素っ頓狂な声をあげる。

「ふぇ？　ヨガぁ〜？」

あああああぁ……。私は「めぐせぇ！（恥ずかしい）」と一人叫んでベッドに転がった。


数日後、私はスタジオ・ヨガートにいた。

ヨガートとは、「ヨガをアートする」という意味と、インドにあるガンジス河などの川に下りるための階段、「ガート」の意をかけて「ヨガの世界へ下りる階段」という二つの意味があるらしい。そう、私はヨガをアートするためにヨガの世界の階段を下り始めたのだ。とかっこよく言ってみたものの、本当は……言うまでもなくKUMIに会いたい、会ってみたいという不埒な理由だ。

もちろん雑誌『マヴェルニ』も翌日すぐに買って、KUMIの美しさを再確認した。ちなみに『マヴェルニ』には、「マニキュアを塗った指先が私を小悪魔のように演出する」みたいな意味があるらしく、その名前どおり大人っぽさとかわいさのギャップを狙っていて、私が今まで見ていた雑誌と違ってドキドキとさせられた。

それにしても、会いたいと思えば、すぐに会えるのだからやっぱり東京はすごい。

そして間もなくそのときがくるのだ。

スタジオではすでに沢山の生徒がヨガマットを広げていた。遠慮の塊みたいにインストラクターの前、つまりKUMIが座るであろうマットのすぐ目の前に空いたスペースがあった。私はすかさずその場所に行き、買ってきたヨガマットを広げた。マットの上に落ち着くと、いい香りがすることに気づいた。さすがはKUMIのいるヨガスタジオ。気持ちがいいではないか、とフンフン鼻を利かせて香りのするほうをたどった。

「げっ！」

香りの源は、ほとんどが女性という中に一人、しかも私の隣にいた男性の生徒だった。最終ジャッジをするためにもう一度、その人の匂いをかいだ。間違いなかった。匂い自体は悪くないのだが、人の匂いだったと分かるとげんなりした。当たり前だ。お世辞にも若いとは言えない男の匂いにうっとりしたなんて、いくらなんでも気を許しすぎだ。

にわかにスタジオ内がざわついた。KUMIが入ってきたのだ。

その姿を確認する。間違いなく、あの女神だ。一瞬、テレビの中に出てきた神殿にいるような錯覚におちいる。めまいに似た興奮を覚えながらその姿を目で追った。皆に挨拶をしながら、KUMIはマットの合間をぬけてこちらにやってくる。そして目の前のマットの上に座る。

「ナマステ、KUMIです」

KUMIは胸の前で合掌しながら言った。

私は顔が熱くなるのを感じながら「ナマ……」と声になるかならないかの吐息で答えた。

それから、KUMIはヨガについて少し説明した。ヨガには「つなぐ」という意味があるとかなんとか、そんなことを説明していたが、内容はほとんど耳に入ってこず、話をするそのKUMIの姿に釘付《くぎづ》けになっていた。

ヨガが始まり、ＫＵＭＩから自分の呼吸の音を聞くように言われて、ようやく気持ちが落ち着いたものの、初ヨガ体験は散々だった。みんなと同じカタチにならないどころか、右や左の向きが分からない。これまでリンゴの樹としか向き合ってこなかった私は、右とか左とかいう教育をなされず育ったのかもしれない。みんなが揃って同じことをするなんていう経験がないんだから。

隣のいい香り男は世話好きなのか、ＫＵＭＩの得点稼ぎか、合間合間に間違える私に指示を出してくれたりした。一応、感謝。

レッスンが終了すると、ＫＵＭＩは沢山の生徒に取り囲まれ、次々と投げられる質問に一人一人の目を見て丁寧に答えていた。私は目の前にいるＫＵＭＩのカラダを凝視した。腰の位置、おしりの位置、長く細く真っ直ぐに伸びる脚……。まったく同じ人間とは思えない造形だ。神様はなんて不公平なのだ。そんなことを考えていると、またもやいい香り男がやってきた。

「あんたとは生まれ持ったモノが違うのよ」

そんなことは重々承知だ。だけどその前に、いい香り男の話し方に違和感を覚えた。

「あれ？　……オカマ？」

心でつぶやいたつもりが声に出ていたようだ。

「オカマじゃなくて、ゲイ」

「へ？　ゲイ？　げい、ゲイ。……ゲーイ？」

一瞬、ゲイという言葉がなんのことかピンとこなかった。そして「オカマでなくゲイ」というその違いが分からなかった。気づいたら、「ゲイ」を連発してしまっていたらしい。

「名前みたいに呼ばないでよ！　ちゃんと梅之助《うめのすけ》っていう名前があるんだから」

ふーん、いい香り男の正体は、ゲイで梅之助という名前なのか……なんだかクスッとしてしまう名前。あ、つまり男じゃないってこと？　思わずジロジロと見てしまう。

「人のことばっかり見てないで、自分のこと見なさいよ」

あきれ口調で注意された。たしかに周りのことばかり見てしまうのは私の悪い癖だ。

気づくとＫＵＭＩはもうスタジオを去っていた。

あ～あ、と大きなため息が漏れた。

東京生活・ＫＵＭＩの場合

一つのことはまた新しいことに実を結ぶ。

ヨガをしていることがきっかけで、ヨガウエアのモデルをしていたアパレル会社calico《カリコ》から連絡が来た。

ＫＵＭＩプロデュースのヨガブランドを立ち上げませんか？　またとない嬉《うれ》しいオファーだ。かねてからいつかブランドディレクターをやってみたいと思っていた。それがこんなに早く実を結ぶなんて。しかもサイドワークと思っていたヨガのほうで。なんでもやってみないと分からないものだ。あぁ楽しみ。今日は一体どんな打合せになるのだろう……。

「こんにちは！」

突然、思考を遮られた。私はたった今、来月号の『マヴェルニ』の撮影を終えスタジオから出てきたところだ。最近会ったばかりの顔がそこにあった。そう、昨日のヨガクラスに来ていた生徒だ。

昨日のヨガクラスは、テレビで放送したヨガ特集での宣伝効果か、新しい生徒が大勢来ていた。その中に少し面倒くさそうな生徒がいた。授業のあいだ中（いや終わってからもだった）、私の身体をジロジロと見て、「フーン」とか「ハーン」とか言うのだ。こちらが、呼吸に集中して、と言うと、必要以上に「ヒーハー」と声を出し始める。ヨガは初めてらしく、分からないことをブツブツと口に出す。だから、間違えても大丈夫、と声をかけたのに今度はその声が聞こえていないというありさま。素直すぎるというのか、ばか正直というのか、私が困っているのに気づいて梅ちゃんが何度かフォローしてくれたけど、その厄介な生徒というのが今、目の前にいるこの子という訳だ。

「な、何してるの？」

私は、なんとか冷静を取り繕いながら訊いた。

「今日ここで撮影だって」

「誰にきいたの？」

「え？　KUMIのインスタだよ。ほら」

と、携帯の画面をこちらに差しだした。それは私の「インスタグラム」のページで、先ほどメイクスタンバイのときに撮った写真をアップしたものである。コメントに【Aスタジオで『マヴェルニ』の撮影。スタンバイ中！】と、丁寧にスタジオ名まで入れてしまった自分を悔いる。

チェックのネルシャツに、デニムのオーバーオール、色んな柄が編み込まれたざっくりニット。一つ一つのアイテムはそう悪くないのに、こんなにもごたごたにスタイリングできるなんて、もはや特技としか思えない。そしてこちらの動揺をまったく意に介さず嬉しそうに、ニヤニヤ笑っている。「インスタ」と言ったその言い方が訛《なま》っていて、すぐに「インスタグラム」を連想できなかったことにもイラッとしてしまった。それでもファンなのだからとなんとか笑顔を作った。

「ＫＵＭＩ！」

篤史が完璧なタイミングで迎えに来てくれた。ボッボボッボというエンジン音が特徴的な篤史のフォルクスワーゲンのバンに逃げるように乗り込んだ。アパレル会社カリコまで送ってくれる予定だ。

いつまでもこちらに手を振っている田舎娘の姿がバックミラー越しに見えた。苦手なタイプだけど、本当に純粋に私のファンなんだなぁと一息つきながら思った。

「SPLENCE《スプレンス》」

これが私の初ディレクションとなるヨガウエアのブランド名だ。「優しい光」というような意味。フランス語の「splendeur」＝「光」と「douce」＝「優しい」をかけ合わせた造語だ。光を感じるような名前にしたいと提案していたら、カリコのスタッフが私をイメージして考えてくれた。ヨガだからってインドインドした名前でなくてもいい。今回はファッションの世界にいる私のディレクションなので、このブランド名には大賛成だ。

ミーティング初日は、カラーイメージ、ウエアのデザインイメージ、パターン数など大枠について話し合った。スタッフがみんな気さくで、私がリラックスして話せる空気を作ってくれる。うまくやっていけそうだ。

小さいころ、ノートにドレスを描くのが好きだった。レースの襟元や、パフスリーブ、形の違う小さなボタン、ディテールにこだわった絵が多く、母にどちらが好き？　と訊くと、おんなじドレスじゃないの？　って言いながら、間違い探しをするように二枚の絵をじっと見比べていた。

「どうしたの？　いいことでもあった？」

篤史が思い出し笑いをしている私を見て言った。私は打ち合わせを終えて、再び篤史のバンに乗っている。

銀座《ぎんざ》にあるアパレル会社に向かうのに、「丁度おれも銀座の広告代理店に行く用事があるから撮影スタジオまでピックアップにいくよ」と言ってくれた。最近はだいたいこんな感じで私の仕事先から仕事先への移動につきあってくれる。そのあいだにお互いの仕事の話を少しする。今日は、打ち合せ終わりの時間も同じだったから、帰りにまたピックアップしてくれたのだ。

夜ご飯を食べて帰ろうという篤史の誘いを断って、私は梅ちゃんのバー『SOHAM《ソーハム》』に送り届けてもらった。

外食するお金ないんでしょ、と言うと「メシ食うくらいはあるよ。仕事してるんだから」といつもの拗ね顔を見せた。そしてまたいつものように、どれだけいい写真を撮ったかという仕事アピールが始まったので、はいはい、となだめながら篤史のバンから降りた。カメラ機材を乗せるため、後ろが荷台になったバン型だけど、レトロなかわいさがあって篤史らしい。変に気取った車じゃないのがいい。決して静かでないボッボボッボボという音を背中に感じながらソーハムのカランと鳴る扉を押しあけた。

「KUMIさんお疲れ様です」と、最初に声をかけてくれたのは瞬《しゅん》くん。背は高いけど顔立ちはかわいい男の子で梅ちゃんの大のお気に入り。ロフト型の二階部分から梅ちゃんが下りてきた。

梅ちゃんとはもう五年くらいのつきあいになる。私がヨガを始めたころ隣でヨガをしていたのが梅ちゃん。なんとなく話をするようになってから、仲良くなるまでさほど時間はかからなかった。梅ちゃんはゲイだからどんなにべったりしても男に対するような余計な心配はいらないし、男の気持ちが分かる上に女の気持ちまで分かるので、私にとって心置きなくなんでも相談できる相手だ。

彼はこのソーハムのマスター。昼はカフェ、夜はバーとして営業している。そしてもう一つの顔は、革小物クリエイター。ブレスレットやネックレスなどの小さめの革小物を住居と工房スペースになっているロフトの二階部分で制作している。かわいいものやキレイなものが大好きな梅ちゃんのつくる革小物は、シンプルな中にアクセントが利いていて、お洒落な男性だけでなく、女性にも受けている。最近雑誌に取り上げられたおかげで制作が忙しくなったとぼやいている。

梅ちゃんが眼鏡をはずしながら訊く。

「あれ？　篤史くんは？」

梅ちゃんの眼鏡は作業用のルーペ代わりかと思っていたら、老眼鏡だったと最近知った。まだ四十一歳の梅ちゃんだが、小さい作業をするときは欠かせないらしい。

「そこまで送ってもらった」

「え〜ひどい。一緒にくればよかったのに」

篤史もここの常連なのでもちろん梅ちゃんもよく知っている。

「いいのいいの。いつも一緒だとあきるでしょ」

「それがひどい」

「だってどうせ写真の話ばっかりだし、分かんないんだもん」

「だけど僕、篤史さんの写真大好きですよ。だってあのＫＵＭＩさんの写真なんて最高じゃないですか」

加勢した瞬くんが店内に飾ってある写真を指して言う。

ここソーハムにはいくつか篤史の写真が飾られている。篤史の写真はモノクロで粒子が濃く、その錆《さ》びたような感じがこの工房っぽいソーハムのイメージにぴったりだと、梅ちゃんが篤史を応援する意味も込めて店内に飾ったのだ。

かすかに光を受けた木々、荒れた海の上を風に飛ばされないよう飛ぶ一羽の鷲《わし》、一見何か分からないけどよく見ると岩の一部、といった自然を切りとった写真に、私を撮り下ろした写真が混じっている。人物は私の写真だけだけれども、身体の一部だったり、斬新なアングルから個性的に切りとっていたり、いわゆる女性の写真を撮り下ろしたものとは全然違う。

「ありがとう、瞬くん」

私は、自分の写真を褒めてくれたことと、友達の作品を褒めてくれたことに感謝の意を表してお礼を言った。だけど続けて愚痴も出てきてしまう。

「……いまに個展決めてみせるから、ってそれいつから言ってるの？　って感じ」

最近、篤史のよくする話が、おれの写真に興味持ってくれている人がいるんだよね、楢山篤史の個展、もうすぐ決まりそうだよ、というものだ。最初のころはあの話どうなった？　と訊いていたが、最近は本当の話なのかどうかも怪しくなってきた。確かに才能はあると思っている。だけどどうも芽が出ないのが事実。チャンスも実力のうちなのだ。

「そんなひどいことばかり言ってたら、いい加減、愛想つかされちゃうわよ」

梅ちゃんがたしなめる一方で、メールの着信音が鳴る。見ると、『ほどほどにして帰るんだぞ。今日もおつかれさま』と篤史からのメッセージ。私はそれを軽く梅ちゃんに見せて言う。

「大丈夫、大丈夫。ほら」

梅ちゃんは、あきれ顔を向ける。私はその話に深入りしたくなくて話を変える。

「それより、聞いてよ。今日スタジオ前であの田舎娘に待ち伏せされたの」

「ホント？　やっぱりあの子、半端ないわね」

田舎娘という言葉でなんなく通じる。

「次のレッスン来ると思う？」

「来るでしょ、間違いなく」

「やだなぁ……ペース乱されるんだよね」

私の予想をまったく裏切ることなくあの子は現れた。次も次も、その次も。一日たりとも休むことなく……。

ＳＯＨＡＭ・海空の場合

ＫＵＭＩとお揃いのヨガウエアを購入した。

学生時代、友達がアイドルグループのタオルやら、Ｔシャツやらを買っていたのを見て、なぜそんなものを買うのか理解できず訊いたことがある。その友達は、コンサートでアイドルのＮが同じものを着ていた、だからこれは彼とお揃いなの、と言うのだ。それにそのＴシャツを着ている間じゅう、彼のことを感じることができて幸せな気分になれるとも。

今ようやくその気持ちを理解できる。私は自分の着ている濃いピンクのウエアを見て、同時にＫＵＭＩのその姿を思い浮かべて一人ニヤけた。

計算からいくと今日あたりＫＵＭＩはこのウエアを着てくる日だ。私はワクワクしながらＫＵＭＩの登場を待つ。そして……ビンゴ！　予想は的中。ばっちりお揃いだ。私はＫＵＭＩが近づいてきたときにウインクしてみる。ＫＵＭＩは小さく笑い返してくれた。アピールも成功！

会えるだけでこんなに嬉しいなんて。ろくに恋もしたことないけど、これは恋に似た心持ちだと思う。私のヨガに行く足取りは軽く、一週間に三回、ときには二回しかないことに腹が立つくらいだ。

ＫＵＭＩにもっと会える方法はないかと考えて、梅之助さんから何かヒントを得ようと思いついた。

このところ見ていると、ＫＵＭＩと梅之助さんはどうやらこのスタジオ以外でも会っている様子なのだ。会話の端々で分かる。そして、梅之助さんはＫＵＭＩのことが大好きだ。きっとゲイの人は美しいモノ、綺麗なモノに目がないのだ。

レッスン終わりに声をかけてみる。

「梅之助さんって、ＫＵＭＩさんとどこで知り合ったの？」

梅之助さんはチラリとこちらを見て何か言おうとしたけど、すぐ向き直ってヨガマットを丸め始めた。私が撮影スタジオまでＫＵＭＩの追っかけをしたことは耳に入っているんだろう。敵はそう簡単には折れそうにない。けど私もあきらめない。

「だって……たんげ（とても）仲良しですよね。羨ましい」

かすかに得意げな顔になったが、まだ隙を見せるまではいかない。

「ＫＵＭＩさんもすごく梅之助さんのこと好ぎですよね」

「……そう？」

響いたようだ。すかさず続ける。

「んだ。誰が見ても一目瞭然。梅之助さんにだけには、完全に心許してるし」

「……そう、かなぁ？」

「んですよ。梅之助さんの言うことならなんでも聞くっていうか」

その言葉に恥ずかしそうに笑顔を見せた。

「バーのマスターだから話しやすいんじゃない？」

バー!? 梅之助さん、バーをやっているんだ！ と思わず叫びそうになるのを押さえ冷静さを装いながら言う。

「そうかぁ。だからKUMIさんも甘えやすいんだ」

「甘えてるかな？」

「ウン」私は少し大袈裟に首を振って答える。

「しょっちゅう来るからねぇ」

あぁ、そのバーに今すぐ飛んでいきたい。刺激しないようにそっと本題へ。

「どこさ（どこに）あるんですか？ そのバー」

「中目黒《なかめぐろ》。バー・ソーハムっていう名前で……」

次の瞬間、梅之助さんは「しまった！」と絵に描いたような表情のままフリーズ状態になった。

「中目《なかめ》かぁ……うふふふふ」

私は、中目黒をあえて「中目」と略してみた。すっかり東京人の気分だ。

梅之助さんから得た「中目黒」「バー・ソーハム」というキーワードは今のネット社会には十分すぎる情報だった。携帯で調べたら、ものの数秒でしかも一件目にバー・ソーハムは出てきた。しかも、マスター梅ちゃんはヨガ愛好者という情報まで。梅之助さんは中目黒と言ったけど、駅としては祐天寺《ゆうてんじ》のほうが近かった。きっと中目黒にこだわりたい何かがあるに違いない。それが証拠に『バー・ソーハムは中目黒にひっそり佇《たたず》む都会のオアシス』という謳《うた》い文句が書かれていた。

私は勝手にその雰囲気を想像し、赤いチェックのワンピースにデニムを合わせ、足下はヒールで大人っぽくバーモードに装った。

ネットの写真よりバー・ソーハムは大きかった。工場のような鉄の柱と温かい木の感じがうまくマッチしていてかっこよかった。外から見ると、工場とか倉庫のようだけど、中に入ると空間が天井まで広がっていてあっと驚かされる。東京のいわゆるガチャガチャとした空気は一切そこにない。

なるほど、謳い文句のあとに『昼でも夜でもソーハムに流れるゆったりとした時間をお楽しみください』と書かれていたのを思い出す。ここでなら、たしかにゆったりしたひとときを過ごせそうだ。バーなんていうと、蝶《ちょう》ネクタイに黒いベストを着たマスターがシャカシャカやっているイメージしかなかったから、想像と違いすぎて驚きっぱなしだ。

そして何より素敵なのはKUMIの写真が置いてあることだ。一見、KUMIとは分からないけど、それはKUMI。私には分かる。白黒でザラッとした感じがまたこの店の雰囲気と合っていてかっこいい。

梅之助さんは、私が店に見とれている間に、お酒を作ってくれた。

「お客様は、カミサマです」

コトンとコーヒー牛乳色のグラスをカウンターに置いた。お酒なのにミルクなんて、と唯一その名前を知っていたカルーアミルクを頼んだのだが、それが見た目どおりコーヒー牛乳のようなお酒であるということは今、始めて知った。

念を押すように梅之助さんが言う。

「くれぐれもこのソーハムを荒らさないでよ」

「はいはーい」

いつもスタジオで見る梅之助さんは、Ｔシャツ、ぶかぶかのヨガパンツに変な文字が模様になっているバンダナみたいなものを頭に巻いているので、普通の格好をしている姿が新鮮だった。何かのアーティストのようでもあるし、気むずかしいインテリのようにも見えるけど、こざっぱりしていて清潔感が漂っている。

カランと音がした。振り向くと、ＫＵＭＩが立っていた。

ＫＵＭＩが登場すると都会のオアシスはぱっと華やいだ。梅之助さんは、たちまち笑顔になるし、もう一人の瞬くんという従業員も荷物を持ったり、ＫＵＭＩを立てることを忘れない。

「モヒート」

ＫＵＭＩが注文した。聞いたこともない名前。私はすかさず訊く。

「何それ？」

「ミントとラムのお酒」なぜか瞬くんが代わりに答える。

「わぁも（私も）、次それね」私はカウンターの中に移動した瞬くんにお願いする。

ＫＵＭＩが飲んでいるものを飲んでみなければ。

「ねぇねぇ、この前のあの人、あれＫＵＭＩの彼氏？」私は気になっていた質問を

ＫＵＭＩに投げかけた。

数日前、撮影スタジオでＫＵＭＩを待ち伏せしたとき、突然大きい車で現れて、ＫＵＭＩを乗せて去っていったあの人だ。一瞬しか見えなかったけど、ＫＵＭＩのようにどこか日本人離れした顔つきだった。

「え、誰?」ＫＵＭＩが不思議そうな顔をする。とぼけているのかもしれない。だとするとますます気になる。

「え〜、この前、車さ乗せてもらっちゃあべ（車に乗せてもらってたでしょ）」と、ひやかし交じりに訊く。すると少し間があって、

「え、違うわよ！　あれは、乗せてもらったっていうか」

なぜかＫＵＭＩの声が大きくなった。

「へば、何?（だったら何?）」

こちらも、どういう状況なのかあれこれ空想を巡らす。モデルのＫＵＭＩ、大きい車、迎えの男。

あ……、一つの答えが頭の中に浮かぶ。

「運転手……ってこと?」

「ま、そんなとこかな」クスッと小さい笑いを交え、少し肩をすくませた。その仕

草がまた私のハートにぎゅんとくる。同じ性別なのに、いつまでも見ていたいと思わせる力がＫＵＭＩにはあるのだ。コートの脱ぎ方から、座り方から、すべてかっこよく身のこなしが綺麗なのだ。きっとあの運転手もこんな気持ちでいるのかもしれない。

私もヨガをやっていつかはこんな女性になれる日がくるのだろうか。なんだか途方もない気はするけど、まずは明日のバイトの面接を頑張ろうと小さい目標に向けて気合いを入れた。

今日の女子トークで少しＫＵＭＩとの距離が縮まった気がした。

SOHAM・KUMIの場合

まったくどうしてそうずけずけと人の領域に足を踏み込んでこられるのか。まさか、ソーハムにまで現れるとは思いもしなかった私は、梅ちゃんを少し恨んだ。

一日の終わりをモヒートで、とリラックス時間を味わいにソーハムに向かったのに、入ってすぐ目に飛び込んできたのがあの田舎娘の姿だった。慌てて向きを変え出口に向かったけど、遅かった。梅ちゃんが奇声をあげながら、カウンターから走って飛びだしてきて私のバッグを奪うと、瞬くんも一緒になって私を引き留めた。そして結局、あの子の座っていたカウンターに、(といっても私はいつもカウンターに座るのだけど) しかも隣の席に通された。私は敢《あ》えてその席にバッグを置くと、せめて一席離れて座った。

あの子はというと、私のあからさまな態度なんて気にもせず、私がやってきたことに心から嬉しそうにしていて、そして私が何か言うたびにオーバーなリアクションをしてくる。無視しようにもできない。そして最後はウットリとした視線をこちらに絡ませてくる。かなり面倒くさい。好意をもたれるのは嬉しいことだが、こうもあからさまだと疲れる。

その上、今の私にはもっとも触れられたくない話題、梅ちゃんとですらそこまで深く話さないようにしている篤史のことを本当にずけずけと訊いてきた。触れられたくないというと、何か裏があるような意味になってしまうけど、そういうことではなく、今、篤史との関係について深く考えたくないのだ。どういう関係か明確にする必要もないと思っている。

私が篤史を必要とするときに篤史がそこにいてくれる、そのことに篤史も不満ではない。そして篤史は篤史で私に刺激され、仕事へのバイタリティにしている。それだけだ。なんでも言えるし居心地も悪くない。女の子同士なら親友という言葉ですませてしまえるのに、男と女の場合そうはいかない。だからそれ以上のことは考えたくない。

話の流れで、篤史のことを運転手みたいなものだと言ってしまったけど、篤史が運転手さんや車掌さんが被《かぶ》っているような紺色の帽子を被る姿を想像するとちょっと可笑《おか》しい。でもきっと結構似合うと思う。

結局、田舎娘が終電に間に合うように去っていったあと、梅ちゃんが申し訳ないと言って、一杯おごってくれた。梅ちゃんも、バー・ソーハムのことは毛頭言うつもりはなかったらしいが、まんまとあの子の口車に乗せられてしゃべってしまったらしい。まったく梅ちゃんはおしゃべりなんだから、と責めると「だってだって」と言い訳をするので、家以外の主要ポイントはマークされてしまった訳だから、ソーハム以外に行きつけのバーを探さなきゃ、と意地悪を言うと「ごめん」と言いながら女の子みたいにしょんぼりしていた。

翌日、まさか連日来ることはないだろうと油断して行ってみたら、モヒートを飲むニンマリ顔のあの子がすでにそこにいた。そして梅ちゃんはカウンターの中からこちらを見て「ごめん」と言いたげに顔をしかめていた。一瞬躊躇《ちゅうちょ》したが、また私を引き留めようとミュージカルばりに動き回ることが予想されたので、大人げないと思い、おとなしくカウンターについた。

悔しいのは、まるであの子と待ち合わせしていたみたいに見られたことだ。私が席につく瞬間、田舎娘がさりげなく上げた手が旧友のようにも親友のようにも見えた。「どうして私がこの田舎娘と待ち合わせしなきゃいけないのよ！」と周りのチラチラこちらを窺《うかが》っている人たちに説明したかったが、それは無理なことで、結果あの子のほうが一枚も二枚も上手なのだった。

モデル、インストラクター、ヨガウエアのディレクションと、仕事があまりに順調なので、少し試練を与えようと運命の神様が修行させているのではないか、と思うしかなかった。

出会い・海空の場合

アルバイト探しは、思ったより難航していた。青森では、人手が欲しいと思っているお店が、仕事を探してやってきた子を断るというのは、よっぽど不真面目だとかよっぽど態度が悪いということ以外にはなかった。

ここ東京では、ちょっと違う気がする。なんというのか、本当に人手を欲しているのかと思うくらい上から目線なのだ。「働いてあげる」のではなく「働かせてもらう」のだ。そういう立場の違いを感じる。

とはいえ、やっぱり東京で働くからには東京にしかないお洒落なバイトにしたかった。そこは妥協できなかった。だからコンビニという選択肢は私にはない。それだと東京でなくてもあるから。その選択肢はもし本当に路頭に迷ったときに考えようとまずは理想を高く抱いていた。

最初に出した十通の履歴書はすべて書類審査で落ちた。何がそんなに気に入られなかったのか、もう一度履歴書を見てみる。できるだけ客観的に。そうして見えてきたもの。履歴書にはびこる「青森」の文字。右にも左にも、ひたすら青森。これではたしかに面接をしたとしても相当な田舎者が現れそうだし、会ってもただの時間の無駄だと思われても仕方ない。いや、きっとそう思われたに違いない。ここはほどよく詐称が必要だと判断した。

私は二種類の履歴書を作ることにした。一つは青森出身で、高校卒業と同時に上京。東京歴は三年。それまでもコンビニやファーストフードなんかのアルバイトをいくつかこなしてきたアルバイト上級生。これは詐称レベル3。

もう一つは、東京生まれの東京育ち。東京といってもちょっと近郊。国立《くにたち》あたりはどうかしら。高校卒業して、短大へ。教育学部で学びを得た私。学校の先生になりたいという平凡な夢を持ったこともあったなぁ、と時々脇道にそれながら、現在の杉並区のアパートに独り暮らしをする、と。これは詐称レベル8くらいだろうか。

要はまず出会いだと思う。会ってもらわないことには始まらない。アルバイトたるもの、雇われてしまえばそのあと何度も履歴書を振り返るようなことはないはずだ。この二パターンの履歴書を五通づつ、計十通送った。

結果、詐称レベル3の私は、五か所のうち三か所からお声がかかり、詐称レベル8の私はなんと五か所すべてから面接の連絡があった。

「バイトの面接、ゼンメツ……」

今日のモヒートはあまりおいしくなかった。私はソーハムのカウンターにうつぶせになって、ため息を吐くように告白した。

瞬くんが慰めに、肩をポンポンと叩いていった。全然嬉しくない。なんかむしろ惨めだ。

化けの皮は、剝がれやすいものなのか、初めから剝がれていたのか。正直、真相は分からないけど、最初に行った雑貨店の店長さんは、履歴書と私を見比べながらただひたすら「うーん」と唸《うな》っていた。ここは詐称レベル3の私だった。何がよくなかったんだろう？　あの雑貨店に置いてあるものすべて私の好みだった。つまりずれてないはずと確信したのに。

東京出身と履歴書に書いてあるのに「どこの出身？」と、まぬけな質問をした人もいた。かなり働きたかったイタリアンレストランの店長だ。どうせ日焼けサロンで焼いたに違いないのに、いかにも南イタリアの海で焼いたんだよと言いたげな日焼けぶりだった。ちゃんと履歴書を見ていなかったか、それとも私のどこかに青森出身って書いてあったのか？　詐称レベル8は、ハードルが高かった？　訛りが出ないようにかなり気をつけていたのに。

　東京の女の子らしくメイクもきちんとして行った。これはＫＵＭＩのメイクをお手本にした。『マヴェルニ』に載っているＫＵＭＩは特に都会的な印象のメイクが多い。そこからテクを拝借したのだ。

　バーガーショップの店長は、私にスマイルを求めてきた。今はなくなったらしいけどスマイル0円とメニューにあった某有名バーガーショップの受け売りに違いない。腹立たしいことに私のスマイルを疑わしそうな表情で見ていた。たしかにあの店に、都会的なメイクは合わなかったかもしれない。きっとあの店長、実は田舎者なのだ。

「ブスだからでしょ」

　あれこれ思い返していると、不意に梅之助さんが声をかけた。ゲイは遠慮がなくて困る。そりゃあ美人ではないが、それなりにダウンしているときにブスだとか言われるといくら私でも落ち込むのだ。

「親を恨むよ……」ため息交じりに答えた。と、ほぼ同時に携帯に着信がある。かっちゃからだ。思わず「聞こえじゃ？（聞こえた？）」と電話に問いかける。

　あぁ、東京にいるのに文句の一つも言えやしない。

正直、かっちゃと話したい気分じゃなかったけど、無視するとしつこいのも分かっていた。私は、急いでトイレに避難した。こんなところでかっちゃとの本場津軽弁の会話を聞かす訳にはいかない。

「もう電話してこねんでって言っちゃあべ（もう電話してこないでって言ったでしょ）」私はイライラの矛先をかっちゃに向けた。

「ほんとに大丈夫なんだか？」

この人はこっちのイライラなんかまったく気にする様子もなくマイペースで話す。

「もうバイトも見つかったし心配しねんで」反射的に嘘《うそ》をつく。

「あんた、飽きっぽいんだはんで、めぐせくねぇようにしっかとさがさねばまいねや（飽きっぽいんだから、ちゃんと腰据えてできるもの探しなさいよ）」

あぁ、母親というのは、なんでも分かっていて腹が立つ。私だってそれくらい分かっているのに、先に言われると余計にイライラしてしまうのだ。

「分かっちゃぁって（分かってるって）。いまけやぐど、ご飯食っちゃあはんで、もう切るよ（いま友達とご飯食べてるからもう切るよ）」また嘘。まったくの一人で、ご飯も食べずに飲んでくだを巻いているだけだ。

「わい、もうけやぐできたってな（へぇ、もう友達できたの？）そいだば、ありがてぇな（それはありがたいねぇ）」

また聞き流してほしいポイントを突いてくる。

「あんたみてぇにほら、ちゃかしではっけであぐわらす、（あんたおっちょこちょいで早とちりなんだから）けやぐのはなしばよーぐぎいて（友達のはなしよく聞いて）、大事にせねばまいねや（大事にしないとだめよ）」

「分かったはんで、へばまたね（分かったから、じゃあまたね）」

無理矢理、電話を終わらせた。

顔を上げると、トイレの壁に革細工のタペストリーのような物がかけてあった。真ん中に不思議な模様……これは文字だろうか。アラビアの文字でこんなふうに変わった形のものを見たことがある。

「トイレのあの変な文字なに？」

トイレから出ると何事もなかったようなふりをして梅之助さんに訊いた。

「サンスクリット文字でソーハム（SOHAM）って書いてあるの」とグラスを拭きながら答える。

「へぇ……ソーハムってどういう意味？」

「呼吸するときに唱える言葉」

とりあえず、やってみる。呼吸をしながら「ソーハムソーハム」と言ってみる。吐くときは簡単にできるけど、吸うときにやるのはかなり難しい。呼吸困難になっている人みたいになる。そんな私を無視して梅之助さんは続ける。

「ソー（ＳＯ）で吸って、ハム（ＨＡＭ）で吐く」

なるほど。ソーとハムは別々なのか。

「ソー」を言おうと大きく口を開けた途端、梅之助さんが遮る。

「それをココロで、唱える」梅之助さんは自分の胸に人差し指を当てながら「ココロ」のところだけ少し優しく言った。

私は目をつぶって、鼻から息を吸い上げた。ココロで「ソー」を唱えながら。そして今度は「ハム」を唱えながら息を吐き始めた。

「そうするとココロが落ち着くのよ。瞑想法《めいそうほう》ね。ま、あんたには到底難しいと思うけど」

また一言多い。私は目を開け、梅之助さんを睨んだ。

すると追い討ちをかけるように、

「続ければ、ちょっとはブスもましになるってもんよ」

まったくこのゲイは、どこまでも失礼なんだから。

SO（ソー）で吸って
HAM（ハム）で吐く
それをココロで、唱える
そうするとココロが落ち着くのよ

ソーハムに行ったのにKUMIに会わずに帰ってきた。梅之助さんにブスブス言われているうちに、なんだかKUMIに会う気力がなくなったのだ。KUMIも今ごろ「誰かさんがいなくて今日はリラックスできるわ」なんて言ってるかもしれない。一つ悪く考えるとどんどん悪いほうへと流れていくから不思議だ。やっぱり今日は帰ってきて正解だ。

アパートの郵便ポストを開けると、中から山のような投げ込みチラシが飛びだしてきて、波紋を描くように地面に散らばった。思わずため息が出る。虚《むな》しさを感じながらしゃがみ込んで、チラシを拾い上げる。宅配ピザ、宅配寿司、不用品回収、不動産情報、マッサージ……。

これ一枚一枚違う人がやってきてこのポストに入れたのかと思うと、不思議な気がした。どんな顔をした人がどんな顔をして入れていったのだろう。東京には沢山の人がいるけどほとんどが会わない人たちだ。会わないまま知らないまま終わっていく人たち。

「あなたも生まれ変われるわよ」

不意に梅之助さんの声が聞こえた気がした。顔を上げるが誰もいない。もう一度見下ろすと、拾い上げたチラシに『あなたも生まれ変われる！』と見出しがあった。

そしてこれでもかというくらい目がぱっちり開いた顔の女の子たち。吹き出しが「私たちも生まれ変わりました！」と言っている。さらにその下にはどれだけ生まれ変わったかのビフォーアフター写真がいくつもあって、さながらブスと美人の比較表のようになっていた。それは美容整形外科の広告チラシだった。

宅配ピザや宅配寿司に交じって美容整形のチラシが入っていることが奇妙だったけど、それだけに、そんなに身構えることじゃないんだよ、簡単なことなんだよ、と言われている気がして、東京で生きるってそういうことなんだと、妙に納得してしまった。

銀座の空は曇り空だった。私は住所だけが分かるように小さく折りたたんだチラシを手の中に握っていた。

大通りから少し入った並木通《なみきどお》りという通りにその美容整形はある。並木通りは歩道が煉瓦色《れんがいろ》のタイルで舗装されていて脇には柳が規則的に並んで植えられていた。私はその柳を数えてでもいるかのように歩きながら、そわそわした気持ちをなんとか押し隠していた。

美容整形の入ったビルは思ったより簡単に見つかった。私はその前を数回往復しながら、ビル案内の札に、手の中のチラシと同じロゴがあるのを確認した。さほど人通りは多くなかった。もう一度往復したらビルの中に入ってみよう、そう思いながらビルを通り過ぎた。

「あの……」

背後から声がした。その声が私に向けられたものだということを理解するのに少し時間がかかり、一瞬フリーズ状態になったと思う。私はすばやく手の中のチラシをダッフルコートのポケットに押し込むと、恐る恐る振り返った。

銀座の通りには似合つかわしくない、垢抜《あかぬ》けない感じで、けど清潔感のある男の子がそこに立っていた。はい、という返事が訛ったのではないかと不安になった。おそらく微妙な表情になったのだろう。その表情が怖がっているせいだと勘違いされたのか、男の子は、怪しいものではありませんと言わんばかりにニコッと笑った。


銀座ギャラリーカフェ・並木。ギャラリーが併設されていて壁にいろんな絵が飾られているカフェに二人で入った。

男の子は時森《ときもり》と名のった。私はレモンティーを時森くんはレモンスカッシュを頼んだ。なんとなくレモンという共通項にホッとした。時森くんがブラックコーヒーを頼んだらこんなに心を許さなかったかもしれない。

岡山から上京して一か月、右も左もまだ分からないのだと一方的に簡単な自己紹介をしてくれた。私も同じく青森から上京してほぼ一か月なのだと白状した。時森くんはレモンをストローでつぶしながら、少し恥ずかしそうにつぶやいた。

「いやぁ。出会えてよかった。なんか東京に馴染《なじ》めなくて、さ」

「すんごく分かります！」

「ね、訛り直さないの？」

「あ、出てます？」

「出てますって出てるよ！　全然訛ってるよ」

時森くんは、そこまで笑わなくても、というくらいケタケタと笑った。けれど田舎から上京してきた者同士だと思うと全然嫌な気持ちにならなかった。時森くんも緊張が解けた感じになり、私は、上京するまでの話、リンゴ畑でひっくり返ったところから、お金を三年かけて貯めたこと、八十八万円でよしとしたことなどを話した。時森くんはそのたびに大きい声で笑ってくれた。時森くんの前では何も取り繕う必要はないんだと感じ、私は久しぶりに解放感に満たされた。

私の上京物語を一通り聞いた時森くんは、少し真面目な顔になって言った。

「すごいなぁ、海空ちゃん。そんなふうにコツコツお金貯めるなんて誰にもできることじゃないよ。本当に一生懸命だよね。なんか海空ちゃん見てると、こっちまで元気になるよ」

「そったらなこと……（そんなこと）」私はすでに冷めてしまったレモンティーで口を潤しながら言った。時森くんがこちらを見ている。その視線を感じ、変な汗が出てくるのが分かった。これまで男の人にこんなふうにジッと見つめられたことはない。

時刻は三時。

あ……。ＫＵＭＩのクラスが始まる時間だ。そのとき始めてＫＵＭＩのヨガクラスを休んでしまったことに気づいた。

「ね、また会える？」

時森くんが言った。顔を上げると時森くんと目が合った。

出会い・KUMIの場合

「今日もありがとうございました。ナマステ」クラスの最後は挨拶で締めくくる。「ナマステ」というのはインドで使われる挨拶だ。おはよう、こんにちは、さようなら、なんでも「ナマステ」と言う。私のクラスでも始まりと終わりはこの「ナマステ」でご挨拶をする。

今日も九十分のクラスが終わった。

クラスの終盤、シャヴァーサナという全身の力を抜いて床に仰向けに横たわるポーズがある。それはただただ横たわっているだけなので、亡骸《なきがら》のポーズとも呼ばれる。そのシャヴァーサナの時間から最後に胡坐《あぐら》を組んで瞑想するまでの時間、まるで一つの教室に何十人もの生徒さんがいることが嘘のような静寂が訪れる。

そしてナマステの声で三々五々になると、次第にまた教室の中が人の気で満ちてくるのだ。でもその空気は、始まる前のただざわついたものとは違う。どこか透き通ったようなシャンとした気で満ちているのだ。私はその感じが好きだ。

ただここ最近は少し違っていた。なぜならあの田舎娘がこのスタジオヨガートに来るようになってから、彼女独特のざわついた気が周りと一体化することはなく、最後まで全くの静寂には昇りつめられずにいたからだ。ところが今日は久しぶりにその感じを味わうことができた。

「めずらしい！　欠席よ」梅ちゃんがこちらにやってきて言った。

「たまには静かでいいんじゃない」

そう、今日はあの田舎娘が欠席したのだ。ここに来始めてから一度も休んだことがなく、すでに常連となっていたので、あの子がいつも陣取る一番前の真ん中のスペースは最後までぽっかり空いたままだった。

空気こそ一体化しないが、休まず来ることには好感を持てた。とはいえやはりあの子がいなければ、終わったあとのこの静寂感を味わうことができるんだと感心した。

なんとなく、ソーハムに向かった。きっといるに違いないと思い、警戒してドアを開けた。けどあのざわついた存在はなかった。これが本来私の好きなソーハムだ。梅ちゃんはいつものように私を迎え入れてくれる。なのになんだか物足りない感じがするのは気のせいだろうか。

グラスの中でモヒート用のミントをつぶすのを見ながら訊いた。

「ね、あの子は?」

梅ちゃんは作業を止めて、上目づかいで不思議そうに私の顔を見た。私は「何?」という目線を返す。

「気になる?」

「え、全然」

「ふーん」

そのあと梅ちゃんは、少しの間を置いて「今日は来てないわよ」と言うと、再びミントをつぶし始めた。

「何?　なんの間?」

「別にぃ」

私が、田舎娘の話題を持ちだしたのがそんなに意外だった?

バイトを探していると言っていたけど、何かいい仕事が見つかったのかもしれない。それが思いがけず楽しくて夢中になっているのかもしれない。そんなことを考えた。

二日後、それからまた三日後のヨガクラスにもあの子は現れなかった。同じように真ん中のスペースはぽっかり空いたままだった。

「ナマステ……」

終わるやいなや梅ちゃんが嬉しそうに走ってきて言った。

「まさかの三連チャン」

私が答えないでいると、

「男でもできたのかしらね」

こういうときの梅ちゃんはすっかり女子のそれになる。ゴシップ大好き、という感じ。

「その程度のものだったってことでしょ」少し呆れた口調で言った。私のリアクションを見るとフフフと意味不明の笑いを浮かべて帰っていった。

梅ちゃんには「その程度のものだった」と言ったけど、この三回連続欠席の理由がそうじゃなければいいのにな、と心のどこかで思った。ソーハムでもヨガが大好きになったと猛烈アピールをしていた。あれが口先だけだったとしたら、ちょっと寂しい。どんな人であれ、ヨガに心を開いてくれるのは嬉しいから。

着替えてスタジオを後にしようと、もう一度、いつも私が使うAスタジオを覗《のぞ》いた。すでに電気は消えて真っ暗なスタジオの床に外灯の明かりが漏れていた。

「あの子、何やってるんだろう…」

自分でも意外な言葉が出てきた。気にしているつもりは全くなかったから。別にあの子一人休んでもクラスは変わらないし、ほかにも休む生徒さんは沢山いる。一人休んだくらい、どうってことない。

そのとき背後でガラガラと何か大きなものを引っ張る音がした。振り返ると、あの田舎娘が、現れた。そして私を見たとたん、顔をふにゃと歪《ゆが》ませ、情けない声を出したかと思うと大声で泣き始めた。まるで迷子の子どもがお母さんを見つけたときのように。

私は、なんのことやらさっぱり分からず、何？　どうしたの？　なんかあったの？　と、問いかけることしかできない。

近づいて見ると、田舎娘は、夜逃げのような格好をしていた。荷物をスーツケースに縛りつけ、さらにちゃぶ台や小さな棚のような物まで結びつけて引っ張ってきていた。先ほどの奇妙な音は、この音だったのだ。どうやらただ事ではないらしい。

「ちょっと一体何があったの？」私は子どものように泣き叫ぶ目の前の田舎娘に、少しゆっくりめに、もう一度やさしく問いかけた。

嘘でしょ？

Ａスタジオの一角に置かれたベンチで田舎娘は肩を震わせていた。アンバーなダウンライトが彼女の頬を照らしている。運んだ荷物はスタジオの脇で、遠慮なく場所取りをし物騒な空気を醸しだしているようにすら見える。

それは約十日間の出来事だった。銀座で声をかけられた時森とはすぐに打ち解けたという。近くのカフェに入り、機関銃のように身の上話をし、上京してまだ間もない境遇に共感しあった。その一方で、こんな出会いがあるなんてやっぱり東京ってすごい、と心の中で興奮したらしい。シャツのボタンを首元まできちっと留める清潔で誠実な雰囲気の持ち主だったそうだ。そもそもなんで銀座にいたの？　と訊きたかったらしいが、自分が銀座にいた理由を知られたくなくて訊けなかった。

また会える？　と言われたときは、いくら戸惑っているふりをしようにも、顔が嬉しさで勝手ににやけてしまったらしい。容易に想像できる。きっと相当にやけていたにちがいない。返事をしなくてもオッケーの意思表示はできていただろう。

二日後に今度は吉祥寺《きちじょうじ》で会うことにした。二人に銀座は合わないと。ＫＵＭＩのクラスとかぶるということに引っかかったが、東京で生きていくための大切な一日なのだと割りきることにした。吉祥寺のデートは分相応で心からリラックスできたそうだ。

ちょこっと焼き鳥を食べたり、ケーキを食べたり。辛いモノのあとは甘いモノ、甘いモノのあとはやっぱり辛いモノを食べたくなるよねと、二人はちょこっと食べツアーをした。それから公園を散歩して「井《い》の頭公園《かしらこうえん》でデートしたカップルは、絶対別れるらしいよ」というジョークで笑いあったりもした。

またすぐに会いたくて、別れ際に今度はこちらから、

「ね、また明日会わない？」と誘ったそうだ。

こんなにさりげなくデートに誘う術《すべ》をどこで身につけたんだっけ、ともう一人の自分が背後から嬉しそうに言うのを感じたらしい。時森は、意外だな、とちょっと驚いた表情で、「もちろんいいよ」と。それから少し照れくさそうに、

「でも僕たちお互いバイト探さなきゃいけないのに、こうやって会ってばっかりいたら路上生活者になっちゃうね。ま、それも楽しいか！」

最後にまた二人で笑ったらしい。

結論は「失恋」に繋《つな》がるだろうということをすでに予想させた。少し前の幸せな思い出をこれでもかというくらい悲しそうに話すから、こっちまで悲しくなる。

翌日二人は、阿佐ヶ谷《あさがや》の街をぶらぶらした。並木道の落ち葉がヒラヒラと舞ってきて、二人の頭上を彩った。

青森にいると、これから長い冬がやってくると重い気持ちになるのに、むしろ足取りまで軽く感じるのはなぜだろう。『秋は恋人たちの季節』という言葉が思い浮かぶ。なんだっけ？　なんかの歌だっけ？　そして思い出す。あぁ、昔じっちゃが絵はがきに書いていた言葉だ。小学生のとき偶然見てしまったじっちゃの、たしか南天の赤い実がころんと二つ描かれた絵はがき。一体あれは誰に宛てた絵はがきだったんだろう、どういう意味があったんだろう。なぜかそんなことを思い出していたら、時森が口を開いた。

「ね、外食ばかりしていたらお金が持たないから、今日は海空ちゃんちに行かない？　なんか適当に買ってさ。ゆっくり飲めるし」

時森くんはどこまでも私の不安を取りのぞいてくれる、そんなめでたいことを思ったらしい。

お酒のつまみになるようなものを近くのスーパーで買って二人仲良く並んで帰った。ビールの入った重いほうの袋は時森が持って。こういう感じってイイ。周りの人から私たち恋人同士に見えてるかな。時々こみあげる含み笑いを我慢するのが大変だったというくだりも想像できすぎて、笑っちゃいけないと思いつつ、笑ってしまった。

すっかりできあがったのは十時ごろだったと思う、とさほど当てにならない時間経過を鼻をすすりながら説明した。お酒は飲み慣れてないのに、ビール、チューハイ、梅酒、これでもかというくらいちゃんぽんしたそうだ。時森という男が、何を言っても全部受け止めてくれるような男だと思ったのは大きな間違いではあるが、とにかく彼女はそう思って告白することにした。

「この際だから正直に言うけど、私、時森くんと銀座で出会ったとき、整形しようかと思ってたんだ……」

「なんで、必要ないよ」

「このとおり私、田舎者でしょ。バイトはなかなか決まらないし、きっとこのパッとしない顔が駄目なんじゃないかなって」

時森が改めて彼女を見る。なんていう返事が返ってくるのか、少し不安になる。

「海空ちゃんはそのままがいいよ」

嬉しい……。次の瞬間、時森の顔が近づいてきた。その時間はきっとかなり短い間なのだけど、鼻が触れ合いそうな距離にある時森の顔を彼女はつぶさに見た。目の形、鼻の形、唇……。

あぁ、こういう感じで始まるのか、こういう感じで……。

時森の手が彼女の肩を抱き、ゆっくりとソファ代わりになっていたベッドマットに押し倒した。彼女は完全に身を委ねた、らしい。

そしてここからが本題。

シーツにくるまって彼女は目を覚ました。窓から朝の気持ちよい日差しが差し込んでいた。カラダがすぅすぅするのを感じて、自分が何も着ていないことに気づく。そうだ、昨晩、時森くんと……再び嬉しさがこみ上げてきて「時森くん」と甘い声を出して呼んでみる。そして自分がベッドマットから転げおちていることに気づき、少し慌てる。寝相の悪さに気づかれたかな。ベッドマットの上に戻ろうとするけどその姿が見えない。

あれ？　時森くん？　どこ？　眼鏡……そう眼鏡がないとよく見えない。枕元に置いたはずの眼鏡を探し当てる。寝るときに眼鏡を枕元に置く習慣は眼鏡をかけ始めた中学生のころからだそうだ。えっちらおっちら眼鏡をさぐりあて、ようやく眼鏡をかける。

ん？　時森はいない。ベッドの上の布団はきのうの残骸といわんばかりに乱れていて恥ずかしくなる。そして部屋の中の違和感に気づく。

違和感その一、ベッドの横にあるはずの32インチ型のテレビが……ない。

違和感その二、窓際のコンポが……ない。不安になって立ち上がる。部屋の中を見回す。さらに気づく。冷蔵庫が、ない。洗濯機が、ない。レンジが、ない。炊飯器が……ない。違和感でなく実際にない。

電化製品が全部、ない、ない、ない！

背筋に悪寒が走る。ふと見ると、賃貸契約などの大切な書類を入れている引き出しが中途半端に開いている。そこには、彼女の全財産の八十八万円を入れた津軽飴の缶が入っていたそうだ。

まさかね……彼女はおそるおそる近づいた。すでに家賃や家財道具に電化製品、ヨガの入会金やらでお金は使っていた。といってもそこにはまだ五〇万以上の残金があるはずだった。

中途半端に開いた引き出しをゆっくり引く。羅漢さんの赤い顔が見えた。

「……いた」心の中でつぶやく。そしてその丸い缶をとりだす。持った感じが違う。

再び訪れる悪寒。この感覚が先走りでありますように、と唱えながら缶の蓋を開けた。

「……八十八円」

缶の中には五十円玉が一枚、十円玉が三枚、五円玉が一枚、一円玉が三枚、合計八十八円があるだけだった。蓋を開けた反動で、その小銭たちが缶の底をスルッと少し移動した。胸がドクンドクンと脈打ち始めた。彼女の脳裏に時森との会話が思い出される。

「ねぇ、なんで八十八万円なの？」

「末広がりで縁起がいいかなって。ばっちゃの受け売りだけどね。えへへへ」

「なるほど、漢字の『八』で末広がりね。うまいね！」

あいつぅ！　腹の底から沸き立つ何かが口から出てきそうになった。二日酔いのせいではない。先ほどまでの甘い残り香が消え失《う》せ、鉛臭さが鼻の奥で広がった。

反射的に立ち上がると、シーツにくるまったまま玄関から飛びだした。時森の姿を探して……。いるはずがなかった。

「嘘でしょ……」それがここまでの話を聞いて、やっと出た言葉。田舎娘は泣きながら勝手にひっくり返る声をなんとか言葉にしながら言った。

「嘘じゃないよ。警察さ届けたんだけど、彼、名前も何もかも嘘で。携帯もダミーだし、わぁの話だけだと、捕まえようねぇって。気の毒だけどねぇって」

はぁ、と大きなため息をついてしまう。聞いてるだけで息が詰まる。

「もうやだ……私……初めて……だったのに」

一瞬、なんのことを言っているのか分からなかった。まさかと思いつつ訊きかえす。

「初めて……だったの？」

甘い思い出が少し蘇ったのか、恥ずかしそうにコクリと頷《うなず》いた。

はぁ、再びため息をついてしまった。この子はヴァージンを失ったと同時に、一文無しになったのだ。すべてその時森という男に捧げてしまったのだ。なんという結末。なんという不運。東京で独り暮らしをして随分になるけど、そんな手口の詐欺の話は聞いたことがない。

私は銀座の街に歩く田舎娘の姿を想像した。赤いダッフルコートに、チェックのマフラー、不釣り合いなハイヒール。見るからに騙《だま》しやすそうだったのかもしれない。

家賃を払ったあとなので、半月はまだそのアパートに住めるのだけど、いつ誰がやってくるか分からない場所にいるのは怖いと荷物をまとめて逃げてきたのだ。

「わぁの実家は、鍵かけねくても、なんもなくならねぇのにぃ。おっかねぇ、おっかねぇよ……もう東京やだ」

意気揚々と上京してきた田舎娘が早くも東京を嫌いだと泣いていることに、とてつもなく切なさを感じた。そしてこの東京に住む人間として「そんなことないよ。東京も悪くないところだよ」と、一縷《いちる》の望みを与えたかった。それは妙な責任感みたいな感じだった。

「ちょっと、こっちきて」

私は彼女の手を引いていた。


薄暗がりのスタジオの真ん中に向かい合って胡坐で座った。私はいつものレッスンよりずっと低い静かな声で誘導を始めた。

「ゆっくりと息を吸って……」

彼女は、ひっくひっくと嗚咽《おえつ》でむせかえりながらも言われるがまま従った。

「ゆっくりと息を吐いて……」

いつものレッスンのように激しい動きは訪れない。あくまでも胸のつかえが、その緊張が緩むことだけを考える。静かな呼吸から、やがて深い呼吸へと導くように。

少しずつ、少しずつ、短い呼吸が長くなっていく。そう、その調子、と、そっと心の中で声をかける。決して急いではいけない、彼女のペースで。その呼吸をみながら……。

蓮《はす》の花をイメージするポーズは、一人の芯のある女性をイメージして。真珠貝のポーズで頭を垂れると、吐きだせなかった想《おも》いが頭の先から抜けでていく。滞った血流はゆるやかに流れだす。ゆっくりゆっくり。やがてとめどなく流れていた涙はやみ、口元の緊張は解けていく。

最後はシャヴァーサナ。仰向けになっている身体に肩から首、首から頭へかけてマッサージを施す。中からだけでなく、外からもリセットを助ける。そっと、そっと……。

「どう？　気分は？」

ゆっくりと起き上がってきた彼女に声をかけた。彼女は彼女で自分の身体に問いかけるようにして答える。

「……なんか、スッキリ」

「顔色がさっきと別人……ちゃんと呼吸できた証拠だね」

「これが……ヨガ……」

研ぎ澄まされた身体の感覚に自分でも驚いているようだ。

「すごい……魔法みたい」

彼女は魔法にかけられたシンデレラみたいに自分の腕や肩、身体を見回した。

「魔法みたい」、いつか私もそう感じたことがある。まだヨガを始めて間もないころ。どうしてたった数十分で身も心もこんなに変化を遂げることができるのか、それは本当に魔法みたいだと思った。この感覚を味わうと、もうヨガから離れられない。この子もきっとヨガの虜《とりこ》になってしまうだろう。

私は目の前の悪夢から目覚めたばかりの女の子に言った。

「ね、ウチくる?」

驚いた目でこちらを見ている。きっと私からこんな提案をされるなんて夢にも思わなかったろう。そして提案した本人も実のところ驚いていた。そんな気持ちになる日がくるとは夢にも思わなかったから。私は少しいたずらっ子の表情で「一晩だけね」とつけ加えた。

これが……ヨガ……魔法みたい

第二章

海空とＫＵＭＩ

ＫＵＭＩのマンションは、代々木上原《よよぎうえはら》という閑静な住宅街にあった。そこはまるで日本ではないみたいな（海外に行ったことはないのだけど）雰囲気の場所だった。木造りの手すりがついた階段を上がっていくと、お城の門のようなやっぱり木造りの大きなドアがあった。私は、ディズニーランドとかそんなテーマパークに連れてこられた気分になっていた。そしてその扉の向こうには驚くような世界が広がっていた。

まずＫＵＭＩのマンションは玄関がなかった。ドアを開けると床がそのままひと繋がりに部屋の中へと続いていく。入り口付近で靴を脱いで中へ。一つ目のドアを開けてＫＵＭＩが灯《あか》りをつける。思わず声が出る。そこは私の東京の部屋が五つくらい簡単に入るような広いスペースだった。いわゆるリビングなのだけど、私のベッドより大きいと思われる真っ白いソファと、そこを彩る優雅なクッションたち。本棚には、何に使うのか分からない壺《つぼ》みたいなものや、瑠璃色《るりいろ》の花瓶、そしてキラキラひかる蓋のついた小箱、とにかく見ているだけで綺麗になれそうなそんなモノたちがあちこちに整然と飾られていた。ダイニングとキッチンは一緒になっていて、やっぱりワインなんか飲んでしまいそうな重厚なダイニングテーブルがあってその周りにはきちんと額に入った絵が飾られていた。

綺麗に磨かれたキッチンの奥にさらにドアがあり、そこを出ると玄関に戻るようになっていて、フロアはロの字型に繫がっていることが分かった。そしてさらなる驚きは、部屋の中に階段があることだった。マンションなのに階段があるんだ、とつぶやくと、KUMIは「そう、メゾネットになってるの」と答えた。

つまりメゾネットとは一世帯がそれぞれ二階建てになっている集合住宅を言うのだそうだ。三階ぐらい階段を上がったのにKUMIの部屋が203とまだ二階みたいなナンバーになっていたのはそういうことだったのかと納得がいった。「メゾネット」私はその言葉の響きが可笑しくて、もう一度声に出して言ってみた。

二階に上がるとすぐ「物置代わりに使ってるの」という部屋があり、廊下を突き進むと左の奥に「バスルームとトイレ」があった。

「うわぁ、いい薫り」

真っ白なバスルームはモデルルームかと思うくらい清潔で、トイレが一緒になっているとは到底思えないフローラルな薫りで満ち満ちていた。そしてまるで一つの部屋かのように置かれた小さいテーブルにはシルバーのトレイが乗っていて、サーモンピンクやラベンダー色のロウソク（いや、ここはキャンドルと呼ばなければいけないんだと思う）がいくつも置かれていた。

私はKUMIがロウソク、いやキャンドルをともしながら優雅にバスタブに浸かっている姿を想像した。

かっちゃがこの部屋を見たらきっと腰を抜かすだろうな。でもちょっと見せてあげたい得意げな気もした。

最後にバスルームの横のドアを指しながら言った。

「それでここが、私の部屋ね」

「見たい！」私はすぐさま反応した。

「えっと……あまり片付いてないわよ」

「気にしないから！」

KUMIの部屋、女神の眠るベッドはいかなるものなのか是非とも見たかった。私は待ちきれず、まだ灯りもついていない部屋に強引に入っていった。パチンと音がして灯りがともる。

「わっ！」声が出た。

KUMIの部屋はお世辞にも綺麗とは言いにくかった。洋服や靴やバッグで溢《あふ》れかえり、ドレッサーやベッドなどの調度品はお洒落なのだけど、物が多すぎて、何がなんだかよく分からない。ハンガーラックの洋服の上には帽子やショールが、山

のように積み上げられている。アクセサリーもあちこちに置かれていて整理されていない。私が驚いていると、

「なに？」ＫＵＭＩが訊く。私は正直な感想を述べる。

「う……ん、物が多いっていうか、片付いてないっていうか……」

「え？」ＫＵＭＩの声色が変わる。

「ごちゃごちゃとしてる」

「泊めないよ」

「あぁ〜、ごめんごめん。あ、そうだ。買ってきたもの食べよ！」

私は慌てて話を逸《そ》らした。ＫＵＭＩは納得いかないふうだったけど、私に押されて仕方なくキッチンのある下の階に下りた。


ひっそり静まりかえったリビングの白い大きなソファに横たわりながら、今朝のどん底の状態から、今の状況に至るまでの長い長い一日を思い返していた。時森くんのことも信じられないけど、今、ＫＵＭＩの部屋のソファに寝ていることも信じられなかった。ＫＵＭＩ、ありがとう。私は一つ上の階に寝ているＫＵＭＩのことを思った。

夕食は、近くの「デリ」とKUMIが呼ぶお店で買ってきたお総菜を二人で食べた。だいたいは外食か、デリのお総菜ですますとKUMIは言った。言い訳のように「簡単なものは作るんだけどね」と付け加えた。どうりでキッチンが綺麗な訳だ。ピカピカに磨いているのかと思ったら、ただ使っていないだけだった。

リビングは綺麗に整頓されているけど、KUMIの部屋はごちゃごちゃとしていた。きっと遅くに帰ってきてリビングで過ごす時間はなく、すぐに自分の部屋に入るのだろう。もしかすると、KUMIは片付けができないタイプなのかもしれない。

青森の実家では、ばっちゃとかっちゃとでしょっちゅう、物を捨てる、捨てないのやりとりがあった。しかもどうでもいいような物、たとえば、二年前の世界遺産のカレンダーとか、何年前のものかと思われる函館《はこだて》観光マップとか。「もう古いからいらないね」とかっちゃが言うと「古いからいるんだよ」とばっちゃが言う。はて、どちらが正しいのか。正解はないと思う。ただどちらにせよ、古くても使うなら（用途はどうであれ）必要だし、使わないなら必要ない物なんじゃないかな、と思う。

物の多さでいうと、KUMIはばっちゃの比ではない。急に二階の「物置代わりに使っている」と言った部屋のことが気になりだした。一体、あの物置には、どんな「物」がどれくらい置かれているんだろう……。

ＫＵＭＩに対してどことなく、不思議な矛盾を感じた。ものすごく健康を気遣っているように見えるのに、自炊はしない。すごくキチッとしているのに片付けは苦手。まぁ、ＫＵＭＩらしいと言えばＫＵＭＩらしい気もするけど。

ふんふんふん……私は頭の中であれやこれやと画策した。

＊　＊

そろそろ起きなきゃ。まだもう少しまどろみたい気持ちを抑えて起き上がり、カーテンを開けると、窓から朝日がいっぱい差し込んでくる気持ちのいい朝だった。

そうだ、あの子が泊まっていったんだ、と思い出す。

昨日は本当に変な一日だった。だいたい、誰かをここに泊めることになるなんて。篤史ですら、荷物を運んでくれる程度でしか上がったことがないのに。なんだか可笑しくて、クスッと笑ってしまう。

パジャマ代わりに着ているスリップドレスの上にカーディガンを羽織り階下へ下

りる。きっとすごい寝相で寝ているに違いない、とソファのあるリビングを覗いて拍子抜けする。

あの子の姿はどこにもなく、ソファの上には寝る用に貸したブランケットが綺麗に折りたたまれて置かれている。まるで「おじゃましました。ありがとうございました」と言わんばかりに。

「あれ、もう出かけたんだ。一声かけてくれればいいのに……」どことなく残念に感じている自分に気づき驚く。それから言い訳のように思い直す。当たり前か、一晩だけと念を押したのはこちらなのだから、と。

急に母と話したい気持ちになって電話を取る。かけようとして気づく。

「あ、まだむこうは夜中か……」中途半端な気持ちのまま携帯を置いた。結局それから四時間後、イタリアが朝を迎えたばかりの時間（東京は午後二時）に、待ちきれない子どものように電話をかけた。

母は驚いて飛び起きたらしく、何があったの？　と電話口で叫んだ。「何もないよ。ママと話したかっただけ」と言うと急に安心して、あからさまにまだ寝てるんだけど、という声に変わった。

「ＫＵＭＩさん、おねがいします！」編集アシスタントの呼ぶ声が聞こえて、電話を切った。

今日は午後スタートで『マヴェルニ』十二月号の撮影だ。ラフコンテを見ると今日は五ポーズ撮影する。ワンポーズ目のワンピースを着てメイク室を出た。

いつも通り撮影は順調だった。仕事を終え、マンションに戻る。今日、あの子はいったいどこで過ごすのだろう、とぼんやり考えながら階段を上がった。ドアを開けてすぐ違和感を覚えた。何か今までかいだことのない匂いが漂ってきたのだ。

不審に思いながらリビングの扉を開ける。キッチンのほうから光がもれていて、カチャカチャと物音がしている。

「おかえり！」エプロン姿の田舎娘が元気な笑顔で言った。

「え？　何？」

「晩ご飯。昨日のお礼に」

「はぁ？　何勝手に……」と言いかけて、気づく。

ダイニングテーブルの上には、さまざまな料理が並び、使ったことのなかったフラワーベースにはかわいいお花が生けられていた。

「わぁすごい。こういうことできちゃうんだ」

ただのがさつで厚かましい田舎娘だと思っていたことを申し訳なく思う。

「青森の田舎料理ばっかりなんだけど。それしかできなくて……」と恥ずかしそうに頭をぽりぽり掻《か》きながら言った。そして時々見せるこういう細やかな一面が私の母性本能をくすぐって、柄にもなく「ううん。すごくおいしそう」と言わせてしまう。と、あることに気づく。

「あれ、どうやって入ったの？　オートロックだから一旦出たら入れないでしょ？」

「あぁ、玄関の鍵置き場に、ほら、合い鍵あったから」とまるで小学生の鍵っ子みたいに、首からひもに結びつけた鍵を取りだして見せた。

あぁ、これだ。この厚かましさったらまったく……。

青森の郷土料理というのはイカをアレンジしたものが多いのだろうか。イカのごろ焼き、イカメンチ、印ろう焼き、イカの一杯蒸し、その他もろもろ。帰ってきたとき初めての匂いだと感じたのは、イカのごろ焼きという料理。イカの内臓を「ごろ」と言うらしく、その「ごろ」とお味噌《みそ》をお酒で溶いて、イカを煮込んだものだそうだ。

「どれもおいしい」と言うと、また少しはにかむような仕草を見せた。

イカ料理から煮付けまで、どれもお母さんから教わったんだろうと思われる料理ばかり。実家では家族みんなの料理を作っていたのだと言う。私は、この子が家族と食事をしている図を想像してみた。きっと私の経験したことのない大家族の中で、すくすくと育ったのだろう。

私は昨日初めて、この子が本沢《ほんざわ》海空という名前であることを知り、今日初めて、青森出身であることを知り、そして今、三年上京物語を聞いている。

人って不思議だ。顔だけ知っているときとその人のバックボーンを知ったときでは全然違う人と会っているような気持ちになるからだ。この子は私のことをどれだけ知っているのだろう。おそらく、私のバックボーンについては何も知らないはずだ。じゃあ一体、どんなふうに私のことを見ているのだろう……。

「あ～はらっちぇ～（おなか一杯）」ソファにごろんと寝転びながら言う。

「ね、今日もここで寝ていい？」

はーん、そういうことだったのか。時刻は一二時を過ぎている。あの家に戻るにも電車がない、タクシーに乗るにも、お財布の中のお金はもう今晩のご飯で使い切ったのではないかしら？　もしかしてそれも作戦だった？　などと思いながらも、

「……今更、帰れとも言えないでしょ」と仕方ないふりをした。

「やった～」無邪気な声をあげてもう一度、ソファの上で転がった。

＊　＊

「なんも今日じゃなくても」私は小さくつぶやいた。私は顔にシートパックをされバスルームに拉致されている。

「駄目、毎日やらなきゃ意味ないの」容赦のない声が、ＫＵＭＩの部屋から聞こえてくる。

なんでこうなったんだっけ。

一時間ほど前、夕食を終えてすっかりほろ酔い気分の私はソファに寝転んだ。そして今がチャンスとばかりに、ＫＵＭＩに訊いた。

「今日もここで寝ていい？」

「……今更、帰れとも言えないでしょ」

やっぱりＫＵＭＩは優しい。安心してもう一度ソファに転がった矢先だった。

「でもそれは駄目」

「へ？」

何が駄目なの？　ＫＵＭＩは答えず、私を引っ張ってバスルームに押し込んだ。明日入るから今日はもういいよ、と私が言うのは聞かず、シャワーしないと寝かせないとまで言う。仕方なくシャワーを浴びたら、今度はシートパックを施されたという訳だ。

「そういうＫＵＭＩは毎日やっちゃあの（やってるの）？」毎日なんて、できる訳がない、そんな気持ちを込めて不満をこぼす。

「当たり前でしょ」と、ばっちりシートパックをしたＫＵＭＩがバスルームに現れた。しかも、白いスリップドレスで。その姿が妙にセクシーで、女同士とはいえちょっと恥ずかしくなる。私はというと、ＫＵＭＩのバラ柄のバスローブを着せられている。もちろん人生初バスローブだ。

ＫＵＭＩは鏡の前で念入りに肌の調子を見ている。

「わぁは（私は）、モデルじゃねぇし、そこまでしなくても」

「キレイになりたいんじゃなかったっけ？」と睨まれる。

確かに、ＫＵＭＩのようにキレイになりたいと思ったことを明かした。バイトの面接に受からない上に、梅之助さんからブスと言われ、想いを募らせて美容整形してみようと思った話もした。でもそれって、こういうことなの？

「病は気からっていうでしょ？」ＫＵＭＩはひょうひょうと言う。意味が分からない。ブスは病でつまりは「ブスは気から」ってこと？　ＫＵＭＩはこうも言った。まずは「キレイになりたい」という気持ちが大事。そして「それに向けて努力している」という自覚が大事。自分を大切にするようになるから。正直、ピンとこなかったけど、なぜかＫＵＭＩが言うと説得力がある。

ＫＵＭＩは、話をしながら真っ赤なペディキュアを足に塗りはじめた。そのまなざしは真剣だ。

「めんどくせくねぇの？」

私は、すっかりソファに横になりながらＫＵＭＩに訊く。

「身だしなみ。明日大事な打ち合せがあるの……」手先がぶれないように、ささやき声で答える。

「ＫＵＭＩって……」

「何？」

「ううんなんでもない」

ＫＵＭＩって生まれながらにしてキレイだけど、それ以上にちゃんと努力してるんだ、って言おうとしてやめた。なぜだか理由は分からなかった。

次第にまどろみがおとずれた。


おはよう、朝よー。ＫＵＭＩの声が聞こえて目覚める。早くもこの場所に慣れてしまったのか、昨日よりぐっすり眠れた。油断しすぎたのかよだれまで垂れている。こういうとき、自分でもずうずうしい性格だと思ってちょっとがっかりする。ＫＵＭＩに気づかれなかったかと気にしながらこっそりパジャマの袖口で拭く。

ＫＵＭＩは先ほどからゴソゴソと何かやっている。そちらを見ると、ヨガマットが二枚並べて敷かれているのが見えた。思わず「へ？」と言ってしまう。するとどうだと言わんばかりの笑顔で「朝ヨガ！」とこれまで聞いたことがないくらい嬉しそうな声で言った。

「マジィ⁉︎」こちらの声もひっくり返った。

朝のヨガは目覚めのヨガ。ヨガの基本、太陽礼拝のシークエンスを準備運動として二回ほど繰り返すと、立位のポーズを中心にＫＵＭＩが誘導する。

股関節を開きながら、内側から湧き立つエネルギーを全身で感じる「戦士のポーズⅡ」。文字通り戦士をイメージしたポーズで、このポーズをとるときはあたかも自分が勇敢な戦士になったつもりでやる。ポーズとイメージは切り離せない。ヨガにはそういうおもしろさがある。

それから「三角のポーズ」。両手両足を左右いっぱいに広げて立ち、上半身をどちらかにゆっくり倒していく……イッテテテ。ついつい声をだしてしまうのは、私の悪い癖。

「山のポーズ」で呼吸を整えてから、次は片脚を上げてバランスをとる「木のポーズ」。大事なのはバランスをとろうとするのではなく、上に伸びようとすること、だそうだ。あたかも足から根っこが生えているかのように足の裏で床をとらえ、上半身は「木」さながら、太陽のほうへ向かって上へ上へと伸びていく。

なるほど、よくできている。次第に集中力がアップしてくるのが分かる。

それから「鷲のポーズ」。片脚をもう片方の脚に巻き付け、両腕もまた絡ませる。カラダの芯がじわじわ熱くなってくる。

体中に「生」のエネルギーが満ちあふれ一日の活力が生まれるのだ。

「かっこいい……」

玄関先のＫＵＭＩの姿を見て、思わずため息が漏れた。

ふふふ、とＫＵＭＩは笑う。その笑いの中に「知ってるよ」という余裕が見え隠れする感じが、好きだ。

昨日、大事な打ち合せ、と言っていたのを思い出す。ＫＵＭＩにしか着こなせない上品でシックな打ち合せスタイルだ。でも何かが引っかかる。

「あれ？」

ＫＵＭＩは薄手のタイツを穿《は》いていた。そしてその上にパンプスを履こうとしている。

「なんで？　昨日あったに（あんなに）綺麗にペディキュア塗ったのに。それだと全然見えない」

ＫＵＭＩは自分の足元を見て、私の疑問を理解する。

「あぁ、あれは……人に見せるために塗ったんじゃないの。自分のために塗ったの」

「へ？」すぐにはその意味が分からない。ＫＵＭＩは続ける。

「つま先に自信がつくだけで、歩き方まで変わるでしょ」

ふふふと再び笑うと、じゃあね、と小さく手を振って出かけていった。

ＫＵＭＩの言った言葉の意味を反芻《はんすう》する。そしてふとあることに気づく。

「ん？　ＫＵＭＩが自信つける必要なんて、あるの？」

そう思ってからＫＵＭＩを追っかけてドアを開けた。一言、言いたくて。

ＫＵＭＩはコツコツと階段を下りていくところだった。

「ＫＵＭＩ！」

気づいて振り返る。

「ソーハム、だよ！」

にっこり笑うと再び階段を下りていった。

やっぱりＫＵＭＩも、このおまじないを知っているのだ。

＊　＊

前回のミーティングをうけて、今回はより具体的な打ち合せとなった。

銀座、アパレル会社カリコ、現在一〇時半。まだ始まって三十分経《た》っただけなのに、期待と嬉しさで身体が熱くなっているのを感じる。

まずブランド「スプレンス」のロゴを決め込んでいく。あまり主張しすぎず、それでいてひと目でスプレンスと分かるものにしたい。

デザインの中で余分だと思う部分を省く。一言断りをいれて、ロゴの上に直接ペンで書き込みをする。私の指摘が細かくて、スタッフは意外、と驚いている。ごめんなさいね。私は、幼いころからとっても細かい性格なのよ、と心の中でつぶやく。幼いころ描いた、違いが分からないと母に言われたあのドレスの絵がまだ残っていたら見せてあげたい。

それからウエアデザインの話へと移る。専属のデザイナーがすでに数パターンのデザイン画をあげてくれていた。そしてどれも私のイメージ通りなのが嬉しい。

私のテンションが上がってくるのが分かってデザイナーのテンションも上がってくる。アイデアが飛び交うように出てくる。ミーティングというのはこういう相乗効果が楽しい。

具体的にどういう素材を使うかという話題のときには、布見本が山のようにテーブルの上に積まれた。

社名のカリコというのは、「calico」と書くのだが、日本語ではキャラコと言って平織りの綿布をいう。布、素材を大切にする会社という気持ちを込めてつけられた名前だそうだ。その社名のとおり、皆、素材にはこだわりがあるようだ。色柄だけでなく、スタッフみんなが、しっかり肌触りを確認しながら素材を決めていく。

あっという間に時刻は午後二時。みんなで遅めのお昼をとって、夕方はカリコがプロデュースしているいくつかのブランド店舗を実際に見に行くことになっていた。具体的にスプレンスの店舗をどういうイメージにするかの意見交換だ。

内容的にも精神的にも充実した一日となった。この精神的にも、というのは重要なポイントだ。私のように本職がデザイナーでない場合、名前さえ使わせてくれれば、あとは勝手にやるからという場合も少なくない。こちらの想いとは裏腹に会社というのは残酷にもそういう態度で臨んでくるものだ。

今回のカリコのスタッフは「一緒に作り上げる」ことを大切にしてくれている。だからこそ内容だけでなく、それ以上に精神的な満足が私をより健全でいさせてくれるのだ。


あの子は何をしているのだろう。家が近づくと自然とそんなことを考えた。

あまりに気分がよかったので、ソーハムで一杯モヒートを飲んで帰ろうかと思ったけど、家にいるのかいないのかも分からないあの子のことが気になって、梅ちゃんに電話してみた。

「あの子、来てるの？」

「大丈夫よ、来てないわよ。じゃ、待ってる」

思わず笑いそうになってしまった。そうだ、当然のリアクションだ。数日前の私は、あの子が来ていたら行かない、と平気で言う人だったんだから。でも私のこの電話は、あの子が来ていたら、ソーハムへ。来ていないならすぐに帰ろう（家で待っているかもしれないから）という梅ちゃんの思案とはまったく逆のものなのだ。

「ごめん、今日は帰る」

「へ？」

「あの子が来てたら、行こうと思ったの」

「なんで？　どういうこと？」分かりやすく素っ頓狂な声をあげる。梅ちゃんはまだこの一連の事件を知らない。私は、今度ゆっくり話すね、と意味深に言って電話を切った。電話の向こうで、今すぐ聞かせてぇという悲鳴をあげているのが聞こえてきた。

予想に反して、部屋は静まりかえっていた。リビングの灯りは消えていて、ダイニングの小さいダウンライトがテーブルの上を照らしていた。そこには一人分の夕食がラップをかけられて置いてあった。

KUMIへ
おかえりなさい。ちゃんと食べてね。
海空

小さいメモがあった。まるでママが娘のために用意した夕食のように。

心配してくれる人がいる家の温かさを体のどこかで感じながら、同時に独りぼっちの寂しさを感じた。

「帰ったか……」思わずつぶやいた。こんなときに独り言を言うなんて誰かさんみたいだ、と思った瞬間、頭上でドンッという何か重い物が落ちたような音。それからガラガラッと何かが降ってくるような音。

「!?」

急いで物音がした二階へ向かった。

階段を駆け上がると、音がしたのは、物置として使っている部屋からだと分かった。

この部屋には着ていない服や使わなくなった鞄、ヘビーローテーションでなくなったアクセサリーなど、主に衣類周りの物が置いてある。

私は恐る恐るドアを開けた。

「イッテテテテ……」

聞き慣れた声だ。

部屋の中は高く積み上げられた段ボールで迷路状態になっていてすぐに中の様子が分からなかった。すり抜けるようにして中へ入ると、段ボールに埋もれて、あの子が尻餅をついたような格好で転がっていた。私に気づいて、

「あ、おかえり」と何事もなかったように言う。

「おかえり、じゃないわよ！　何してるのよ」

「え？　あぁ片付け」

「はぁ？　頼んでないけど」

「んなの（そうなの）。やらないと一生このままだと思って片付けてる。だって同じような物ばっかり必要ないでしょ。一年づがわなかった（使わなかった）物は必要ないっていうし。ね、これ、この段ボール、何年開けてない？」そう言って段ボールをトントンと叩いて指した。

見ると、彼女が着ているピンクのブルゾンは私が数年前着ていたものだ。その上

にフリンジのついたバッグを斜めがけにし、いつかのパーティで被ったコバルトブルーの帽子を被っている。段ボールの中から気に入った物はお下がりとして戴《いただ》こうという寸法のようだ。あ、なんだこれ？　あ、これもカワイイ……、などと呑気《のんき》に言いながら物色を続けている。

私は言葉を失った。今、目の前で起きていることを理解しようと頭をフル回転させる一方で、「厚かましさ」という次元を遥《はる》かに超え、どうしたらこういう性格の子が育つんだろうという疑問が湧き、何か言っても言葉は通じない、まるで珍獣でも見せられているようなそんな気になっていた。

なしくずし的に同居していた。こちらが何か言うでもなく、炊事、洗濯、掃除、家事全般を器用にこなし、バイトがなかなか決まらない代わりに私の苦手な部分をやってくれるので随分助かっていた。

「それ、同居って言わないから。あんた居候だから」梅ちゃんは、得意顔のあの子に向かってわざと意地悪口調で言った。

初めて事の一部始終を聞いたとき、梅ちゃんは「信じられない！」と得意の奇声をあげた。たしかに当の本人ですら信じられないんだから無理はない。でも二人でソーハムに行ったり、ヨガクラスの行き帰りが一緒だったりするのを見て、真実なのね、と悲しげに受け入れた。

物置代わりの部屋は、その後も段ボールの中身を根気よく整理し、それはまた使うかもしれないという私の意見を完全無視し、要らない物は勝手にリサイクル業者を呼んで引き上げてもらい、完全に部屋としての機能を取り戻したころ、あの子の部屋となった。あたかもずっと前からそうだったかのように。私は私でそれに触発されて、自分の部屋の要らない物をいくらか整理してみた。形勢は完全に向こうのペースだった。

＊　＊

朝は、ヨガから始まる。KUMIと私、二人分のヨガマットを広げて。それから朝ご飯。KUMIはあまり食べない。野菜や果物をミキサーで砕いたスムージーなる物を飲む。料理をしないKUMIもスムージーは作る。今では私も、スムージーのプロになった。

それからKUMIは撮影の仕事に行ったり、新ブランドの打ち合せに行ったり。もちろん私もバイト探しはあったけど、だいたいは掃除洗濯と、家の中のことをする。最近の楽しみは、昼下がりの休憩に、KUMIの出ている『マヴェルニ』をソファでごろごろしながら見ることだ。主婦ってきっとこういう感じなんだろうなぁ。

KUMI指導による美容ライフも休むことなく続いていた。毎日のパックはもちろん、お風呂上がりは、体重計がドアのすぐ下にセットされていて、乗らずには出られないように仕組まれたりしていた。そして私が体重を隠すと、あぁ！　といきなり大声を出して、私がひるんだ瞬間に体重表示を見るという古典的な方法に出たりした。KUMIって意外と……とその先を言おうとすると、睨みをきかせて「あれ、今日どこで寝るんだっけ？」とさりげなく脅すのだった。

マニキュアを塗ってくれたり、その塗り方を教えてくれたりするときは至福の時間だった。兄弟姉妹のいない私は、お姉ちゃんがいたらこんな感じなのかなぁと想像した。KUMIはプロ並みの技術でもって、いつも丁寧に教えてくれた。

KUMIは少しの時間も無駄にしない。部屋で映画を見るときですら、ただテレビを見るだけでなく、ヨガのポーズをとりながら見たりしていた。

ちなみに晩ご飯は言うまでもなく私の担当。相変わらず洒落たものは作れなかったけど、一応栄養を考えてバランスよく献立を考えた。せめてそれくらいしないと、家賃も払わずに住まわせてもらっている立場がない。もし払えと言われても払えない家賃なんだろうけど。

とはいえ、そろそろバイトを決めないことには、と正直焦っていた。いつまでもこのままで、いい訳がなかった。

実を言うとこの状況をかっちゃにまだ報告してなかった。

とっちゃが、私の東京暮らしを認めたことは奇跡だった。海空が家出までしてやりたいんなら気がすむまでやってみたらええ、と言ったらしい。正直、とっちゃから理解を得るなんて期待してなかっただけに、その話を聞いたときは肩の荷がおりたような気になったのだ。そんな奇跡的な状況にあるのに、まさか出会った男に騙されて一文無しになっているなんて知ったら、とっちゃどころか、かっちゃまで東京に飛んでくるに違いない。そしてすぐに連れ戻されるだろう。

そんな事情もあって、いい加減、働かない訳にいかなかった。

お洒落なカフェ、レストランもしくは雑貨店で働きたいという強い希望は、そろそろあきらめるべきなのかもしれない、もし今日が駄目なら……と思いながら、私は青山《あおやま》のカフェレストラン・ジラフの前に立っていた。

　時森くんの一件があってから、私はバイト先に詐称履歴書を送るのをやめた。青森出身、青森育ち、正真正銘の田舎者の履歴書を送ることにした。騙されるのはもうこりごり。なのに私は時森くんと同じようなことをバイト先に対してやっていたのだ。梅ちゃんの言うとおり、本当のブスだったと思う。

　このジラフは、田舎者の私を面接に呼んでくれた最初の店だった。私は自信を持とうと思った。今日の私はＫＵＭＩの見立ててくれた服を着ている。ただの田舎者ではないはず。ほんの一時間ほど前、丁度出かけようとしたところをＫＵＭＩに呼び止められた。

「何？　その服」

「え？　駄目？　これからバイトの面接なんだけど」

　私はブラウスにセーター、チェックのフレアースカートの下にデニムという出《い》で立ちだった。

「ちょっと、こっち来て」

　手を引かれて二階のＫＵＭＩ部屋に連れていかれた。

「まず、そのスカート脱いで」

「へ？　脱ぐの？」

「脱いで、脱いで、それはいらないから」

仕方なくスカートを脱ぐ。

「ブラウスもいらない」

へ、これも脱ぐの？　と言いそうになるのをこらえて言うとおりにする。

そうこうしている間に、ベレー帽やファーのマフラーなどアクセサリーまで選んでもらい、今のスタイルに変身したという訳だ。

通りのガラス窓に映る私は、シンプルなのにどこか垢抜けている気がした。自信を持って面接に向かおう。私は目をつぶった。そして深呼吸しながら心のなかでしっかり唱えた。

ソーハム、ソーハム……。


「得意な料理は何？」

私は、ジラフの小さなテーブルに店長と向かい合って座っていた。

「イカメンチとイカのごろ焼きです」

私はあまり間を開けずに、なるべくはきはきと答えた。

「イカ⁉」

イカ、お嫌いでしたか？　そう聞きたくなるようなリアクションだった。

「あぁ、青森だもんね」

やっぱり、青山にイカは合わなかったか。青山と青森、山と森だけの違いなんだけどね。田舎者はしょせん田舎者でしかないんです。ブスの私がみるみる顔を出すのを感じながら、矢継ぎ早にあれこれ考えた。早くも絶望を感じていた。

けれど数秒後、店長はニコッと笑って言った。

「じゃあ、まずは仮採用で。もし時間あるなら、今からちょっと店に出てみる？」

私は、最初何を言われたのか理解できなかった。だけどそれがオッケーを意味していると理解できた瞬間、満面の笑みで答えた。

「はい！」

制服は、憧れどおりだった。白いパリッとしたシャツ、茶色いカフェエプロンに同じ茶色のキャスケットを皆お揃いで被る。

鏡の前に立った私は、自分で言うのもなんだけど、かっこよかった。できるカフェの従業員（しかも青山の）に見え、気分が高揚した。そしてその気分が、私をはきはきとさせすぎてしまった。だから先輩からもう少し声のトーン落としていいよとアドバイスされたときはちょっと恥ずかしかった。

私の指導に当たってくれた先輩は千鶴《ちづる》先輩といって国立の出身だと言った。その地名を聞いて思わずドキッとしたのは言うまでもない。国立といえば詐称レベル8の本沢海空の出身地だ。でもリアル国立出身の先輩を見て、正直ホッとした。千鶴先輩はどちらかというと人に安心感を与えるタイプ。行ったこともないところだけど、その国立という名前からどことなくハイソな空気を感じていた私は、先輩を見て国立が急に身近に感じられたのだ。でもこのことは胸に秘めておくことにする。国立出身の先輩がいつも横にいるということは、自分のしたことを「忘れちゃいけないよ」と神様に言われているようでもあった。

「イカのごろ焼きってどんな料理なの?」

イカ料理にリアクションしていた店長は実はイカ好きで、予想以上にフレンドリーな人だった。一見、肉付きがよくて怖い人に見えていたけど、こうして見たら、クマとかカバとかかわいい動物系だ。どうしてあんなに怖い人に見えたんだろう。わずか数時間でこんなにも人の見方が変わるんだから不思議だ。

私は勢いでかっちゃに報告の電話を入れた。

「わいは(あら)、珍しい。なんが(何か)ええごとでもあった?」

そんなふうに勘ぐるかっちゃに、ＫＵＭＩの家に引越しをした話と、アルバイトも順調だと、さっき仮採用になったばかりのバイト先のことをあたかも随分前から働いているかのように話した。

かっちゃは、とにかく人様に迷惑かけないようにとそればかり言っていた。居候の話はまだしてない、というかできなかった。一緒に住むだけで「迷惑をかけるな」とこんなに言うかっちゃに、居候だと知れたらこれまたすぐに青森戻りだ。

細かいことは置いといて「順調」という言葉がぴったりな気がした。そういう空気が身の回りに流れはじめている感じ。

「はぁ～、今日のモヒートは格別！」「まさか仮採用になるなんて！」「ソーハム、ソーハム、ソーォハムゥー」

私は一人、久しぶりのソーハムでモヒートを飲みながらはしゃいでいた。

「梅ちゃん、ありがとう！　ソーハムのおかげだよ」

私は梅之助さんのことを梅ちゃんと呼ぶようになった。

「うるさいから静かにしなさい」

梅ちゃんの声は聞こえるが、酔いのせいか、ほどよく遠い。瞬くんが水を出すけど、飲まない。だって東京へ出てきて一か月半ちょっと、仮採用とはいえ、やっとバイトが決まったのだ。こんなに嬉しいことはない。

気づくと、隣に男性が座っていた。何か不満があるのか「はぁー」と大きなため息をつく。この少し元気がなさそうな男性は「アッシくん」と呼ばれ、梅ちゃんと瞬くんは顔見知りらしかった。

ＫＵＭＩにメールしたけど返事がない。本当はＫＵＭＩとここで落ち合いたかったけど、おそらくＫＵＭＩは今日、絶好調で撮影の仕事を終え、誰かと食事、そして飲み、のコースだと思う。ＫＵＭＩの返事がないときは、一人じゃないときなのだ。特に仕事仲間と一緒のとき。ＫＵＭＩは絶対に仕事優先。それがＫＵＭＩのプロ意識の高さなのだ。そんなことまで分かる私って恋人みたいだなぁと思ったりする。

そんな訳で、このアッシくんが今日の飲み仲間かもしれないと、もう一度横を見た。どちらかというと目鼻立ちがはっきりして、日本人離れした濃い顔の造りだ。

「あれ？」どこかで見たことがある気がした。

「どこかでお会いしました？」率直に訊いてみる。

「？」アッシくんはきょとんとしてこちらを見る。

「あ、この子、今ＫＵＭＩの家に居候してるのよ」梅ちゃんが説明する。

私は、アツシくんに、

「はい。そうなんです。居候なんです。居候の海空っていいます」と自己紹介した。

するとまるでＫＵＭＩの保護者かなんかみたいな顔になって、

「はぁ？　居候？　聞いてないいな」

その声に聞き覚えがあった。どこかで聞いたことがあるこの低い声。次の瞬間、

「ＫＵＭＩ！」という呼び声が頭の奥のほうによみがえった。

「あ、分かった！　運転手さんでしょ！」

東京に来たばかりの、ＫＵＭＩの追っかけをしてスタジオ前で待ち伏せしたあのときだ。正確にはまだ二か月経ってないのに、もう随分昔のことに感じる。あのとき私の元からＫＵＭＩをさらっていった、あの人だ。その数日後初めてＫＵＭＩと飲んだ夜、「運転手？」と訊いたら「そんなもんかな」とＫＵＭＩは笑って言った。その仕草のひとつまではっきり覚えている。私は嬉しくなって、

「ＫＵＭＩの運転手さーん！」と呼びかけながら、アツシくんに手を振った。

アツシくんは、相変わらずきょとんとしている。まだ飲みが足りないようだ。梅ちゃんは梅ちゃんで完全に私を酔っぱらい扱いして「ミク〜ッ」と私を制する。酔

っ払ってるかもしれないけど、ちゃんと覚えてるんだから。

次の瞬間、アッシくんがはじけたように笑い始めた。

「ハハハ……そうそうそう、そうなのよ、運転手。おれ運転手なの」

だから私も一緒に笑った。なのになぜかそのあとすぐ、アッシくんは置いたばかりの上着を手に持ち「帰る」と立ち上がった。

瞬くんが気を遣うように追いかけ一緒に出口へと向かう。「へ？　何？」今度は私がきょとんとする。梅ちゃんは何かこらえているかのような顔をしている。

「私、なんか言った？」何が起きているのかまったく理解できず訊いてみた。

「あんたは悪くない、あんたは……」梅ちゃんは呪文をとなえるようにそう言った。言ってから「ていうか、飲み過ぎなのよ、あんたは！」と声を張り上げ、私のモヒートのグラスを取りあげた。

家に帰ると、ＫＵＭＩは先に帰っていてすでにベッドに横になっていた。

「なんでソーハムに来てくれなかったの？」と言うと、

「今日編集長に誘われて、食事だったから」眠そうにしながらも答えてくれた。

やっぱりそうだったのか、私の読み通り。だからメールに返事をできなかったのだ。それから私はやっとバイトの仮採用をもらったことを伝えた。ＫＵＭＩは、もう今にも眠りに落ちてしまいそうな声で「私の周りはみんな順調で私も幸せだよ」と言った。
「え、みんなってほかに誰？」と訊いたけど、あとは寝息しか聞こえてこなかった。

＊　＊

篤史ったら、何やってるんだろう？　乗せてほしいときに限って連絡ないんだから。まったくもう……

『送ってほしいんだけど来れる？』

篤史にメッセージを送ったのはもう一時間半以上前だ。メッセージは「既読」となっている。つまり私のメッセージを篤史は読んだはずだ。なのに迎えにきてくれるどころか、リアクションすらない。私は、少し不満に思ったが、篤史にも何か事情があるのだろう。もしかするとあっちも撮影かもしれないし、と思い、都内から少し離れた撮影現場に自力で向かうことにした。自力といってもタクシーなのだけど。

タクシーに乗りながらもう一度携帯を確認する。メッセージのタイムラインを見て、前回のメッセージは一週間ほど前の篤史からのものだったことに気づく。

『とうとう個展が決まりました！　楢山篤史初個展。見直した？　約束通り十六時に着きます。夜メシ行かない？』

そうだ、まだ個展のお祝い言ってないや。メッセージをほったらかしにしてしまっていたのを思い出す。

ちょうどこのメッセージが来たのは前回の『マヴェルニ』の撮影中だ。撮影が一旦休憩に入って、携帯のメッセージを見たタイミングで若尾《わかお》編集長から夜ご飯のお誘いを受けた。篤史のご飯の誘いにも応えてあげたかったけど、基本は仕事優先。二十歳のころの失敗からその姿勢は崩さないことにしている。

個展が決まった篤史の得意げな顔を勝手に想像して、ついお酒がすすんでしまった。車だからと最初飲まなかった編集長が、「なんだＫＵＭＩ、結構飲むんだなぁ。おれも飲みたくなってきたよ。もういいや、車置いてくわ」と急に枷《かせ》がとれたように飲み始め、結局二人でボトルを空けたのだ。魚のおいしいお店だった。

タクシーは、順調に走り、予定通り横浜《よこはま》のとあるハウススタジオに到着した。

今度篤史に会ったら、忘れないように個展のお祝いをしなきゃまた拗ねちゃうだろうな、と考えながらスタジオのドアを開けた。今日は一日、ここで撮影だ。中から、どこかしらいつもより元気なスタッフたちの声が聞こえてきた。

「ＲＩＳＡ《リサ》、いいねぇ。イイ恋してるとやっぱちがうね」

カメラマンが声をかけてモデルを乗せる。後輩モデルの中でも頭角を現してきているＲＩＳＡだ。

「そんなことないですよ」と否定はするものの、照れくさそうな表情から満更でもなさそうだ。

「おはようございます」タイミングを見て挨拶した。スタッフが気づいて「おはよう」と声をかけてくれる。そのときだった。私の登場に気づいたＲＩＳＡが私を見た途端ビクッと顔を強張らせたのだ。私は「?」と思ったが、さほど気にせずＲＩＳＡに「おはよう」と言った。すると我に返ったように「おはようございます」と作り笑顔で答えたのだ。私はさらに「?」となりながらも、スタンバイ部屋に移動した。

『マヴェルニ』一月号の特集はマニッシュ。トレンチコートの着こなしや、男性っぽいセットアップのスーツをかっこよく着こなすのだ。

最初のポーズのスタンバイができると、まもなく声がかかった。

「KUMI、スタンバイオッケーです。お願いします」

「はい。今行きます」

スタンバイ部屋が二階だったので撮影する階下の部屋へ下りようとしたときだった。ボッボボッボ……という聞き慣れたエンジン音が耳に入ってきたのだ。開けっ放しの窓から、外の道が見えている。そこにやってきたのは篤史の紺色のフォルクスワーゲンのバンだった。

「あれ? 篤史?」私は、よく見えるように窓辺に近づいてみた。

すると一人の女性がバンに走っていき、いかにも乗り慣れた車のようにドアを開けて飛び乗った。

それは紛れもなく、RISAだった。

え、どういうこと? 朝に送った私のメッセージには返事もくれなかった篤史が今、目の前に現れて、RISAを車に乗せていった。

私は慌てて携帯を取りだすと篤史に向けてメッセージを打った。

『今日、スタジオブルーなんだけど来れない？　十八時には終わるから』

もう一度声がかかった。

「KUMIさん、お願いします！」

「はい」私は、極力、冷静な声を出した。急いでメッセージを送って、呼ばれた部屋へ入った。

パシャ、パシャ、パシャ。

いつものようにストロボの音がリズムを刻み部屋に響いていた。なのに私は、完全にリズム感のないモデルになっていた。いつもならストロボ音に合わせて次々とポーズをとることができるのに、耳に焼きついたボッボボッボという あの篤史のバンのエンジン音が邪魔をして、まったくリズムがとれなくなっている。

篤史とRISA。どう見ても偶然とは思えない。約束通りここへ迎えに来て、二人でどこかへ行ったのだ。しかもあの感じ、今日が初めてではないはずだ。先ほど、私が現れたときのＲＩＳＡのリアクション。あれは、そういう意味だったのか。私に隠れてコソコソと会っていることへの罪悪感？　それにしてもいつ、どこで、あの二人にそんなタイミングがあったの？

撮影は続いていた。

いや、篤史がどこで誰と何をしていようと私には関係ない、そう思おうとした。なのにどうしてこんなにイライラするのか。そして何に焦っているのか。篤史は私のメッセージを見ただろうか？　見たけど無視しているのだろうか？

「すみません。ちょっと休憩していいですか？」

次の瞬間、自分から休憩を申し出ていた。通常、自分から休憩したいなんて言うことはまずない。カメラマンは、ちょっと驚いた様子を見せたけど、すぐに切り替えて「いいよ、そうしよう。十分休憩しよう」と、カメラを置いた。すでに私の様子がおかしいと思っていたのかもしれない。

私は、バッグから携帯を取りだすと慌ててメッセージを確認した。篤史からの返信はなかった。けど私のメッセージは、「既読」になっていた。つまり、篤史は私のメッセージを読んでいるにもかかわらず返信をしないということだ。車に乗った

ＲＩＳＡと楽しそうに話す篤史の姿が思い浮かんだ。

無視、されている。

でもなぜ？　これまで私のメッセージを無視するなんてこと一度もなかった。個展のメッセージをほったらかしにしたから怒ってるの？　でも私が篤史のメッセージをほったらかしにしたことは一度ではない。それに深意があってのことではない。仕事で忙しくてできずにいるのを篤史は知っているから許してくれる。だいたいそんなことで、どうこうなる仲ではもうない。

はぁ……無意識に自分でも驚くほど大きなため息が出た。

後方で、編集部スタッフが私の不調を心配しているのが分かった。正確には、私の不調によるページの脱落を心配しているのだ。

皆の顔がとても冷酷に見えた。いつもはワイワイと一緒になってページを作り上げる、いわば一つのチームなのに、一人の選手が不調を告げた途端、戦えない奴《やつ》にはもう用はないと言わんばかりに離れていく。そんな図式が頭をよぎった。

私はスーッと背筋に寒気が走るのを感じた。

朝起きると、めずらしく身体がむくんでいた。昨日の夜なかなか寝られなくてワインを飲んだせいだろうか。ついあれこれ考えてしまう気持ちを紛らわそうと、いつもより多く飲んでしまったかもしれない。

昨日の撮影に、編集長が来ていなかったのは幸いだった。私がここまで来られたのは、若尾編集長のおかげによるところが大きい。あんな姿は見られたくない。撮影の悪い雰囲気を感じた私は、慌てて自分に言いきかせた。私ったら何をやっているんだ。篤史のことで動揺するなんて、私らしくない。ひとまず忘れよう。これまでやってきた自分を信じるのよ。

なんとか冷静さを取り戻し、ストロボ音に集中した。

最終的には、あきらめようと言っていた六ポーズ目も無事撮影でき、みんなの笑顔が戻った。やっとのことでなんとか切り抜けたという感じだった。

今日の午後はヨガクラスがある。なんとか起き上がると、休みたいという気持ちに蓋をして、ウエアをバッグの中に押し込んだ。

早くいつもの私を取り戻さなきゃ……。

午後のヨガクラスはだいたい固定のメンバーになってきていた。主婦と思われる人たちと今日は仕事が休みだと思われる女性がメイン。普段はオフィスで男性に交じってあくせく働いているのであろう、だいたいは顔つきで分かる。そこへ梅ちゃんとあの子はいつも通り、いつもの場所に、居座っている。

だいたいのポーズはみんな覚えているので、そんなに気を張る必要はない。誘導にしたがって、それぞれがそれぞれのペースでポーズをとっていってくれる。こちらの体調が少し悪くても、さほど影響はしない。

ナマステ、いつもの挨拶で今日も無事終了した。

とあの子がいきなり近寄ってきて言った。

「ね、今日は先に帰っててね。私、このあと行くところあるから」

「え？　これから？　どこに？」私より先に口を開いたのは梅ちゃん。

「綿本《わたもと》ヨーガスタジオ。綿本彰《あきら》先生のクラス、丁度このあとの時間だったから。受けてみたかったんだ」

なぜか、ドキッとした。他の先生のクラスを受けに行くのはいいことだと思う。

じゃあ、今、心臓の奥がかすかにギュッとしたのはなぜ？　他の先生のクラスを受けに行くから？　綿本先生のクラスを受けるというあの子の姿があまりに活き活きしていたから？

生徒たちに呼ばれた。クラス終わりの質問タイムだ。

ふと私は、初めてこのスタジオに来たときのあの子の顔を思い出した。先ほどの活き活きした顔はあのときのあの子の顔と同じだったのだ。私にはもう、あの子のあの表情を引きだすことはできないの？　生徒たちの質問に答えながら、頭の裏側でそんなことを考えていた。

それから数日後、再び『マヴェルニ』の撮影があった。ここ最近、なんとなくだるい日が多くてあまり調子がよくなかった。けれどそんなことを言っている場合ではない。前回の分まで頑張って編集部の皆の信頼をとりもどさなきゃ。

相変わらず篤史からはなんの連絡もなかった。

私は、スタジオのドアを開ける瞬間、ヨシッと柄にもなく気合いを入れた。今日は表紙撮影の日だ。

スタジオ内ではＲＩＳＡが撮影中だった。入ってすぐ若尾編集長の姿が目についた。編集長はパソコンモニターの前でご機嫌だ。

撮影スタジオでは、シャッターを切ったそばから、その写真がパソコン画面に映しだされる仕組みになっていて、どんな撮影がなされているか誰もが見ることができ、さらにそれをすぐさまデザイナーがレイアウトすることができる。そのレイアウト作業の内容もまた同時にモニターで確認できるようになっている。きっといい写真が上がっているのだろう。編集長がご機嫌なのはそういうことだ。

「おはようございます」私はいつもより元気な声で編集長に挨拶した。

「お、KUMIおはよう。どう？　調子は？」

「ばっちりです！」

一倍元気に返事をした矢先だった。編集長の見ていたパソコンモニターの画面が目に飛び込んできた。私は目を疑った。

「へ……？」

モニターの中では、たった今切りとられたばかりのRISAの写真に『MAVERNIS』と表紙のロゴが載せられ、このまま刷れば、今すぐにでも本屋さんに並ぶとばかりにレイアウトされていた。

耳の奥でガシャッと何かが押しつぶされたような音がした。

何か言おうと思ったけど、声が出なかった。

どこか遠くの国で起きている戦争、テロリズム、殺人事件、人間の憎悪が入りまじった事象が次々と現れては消えた。そして私の身体もテロリストに侵されたように、自分の意識でコントロールできなくなり、顔が不均衡に引きつった。

私がモニターに釘付けになっていることに気づいた編集長が言った。

「次号で初めてＲＩＳＡを表紙に起用しようと思っててね。最近、調子いいって編集部の人気だよ」

「そ……そう、なん、ですか」声を絞り出して返事をした。私のリアクションを聞いて、編集長が言う。

「あれ？　聞いてない？」

そのとき私はどんな顔をしていたんだろう。後輩がカバーデビューするのだ。

「よかったね」と先輩らしく余裕を見せていたい。まさかあからさまに「いやだ。表紙は駄目。表紙は私のはずだ」という顔をしてしまっていなかったか。子どもみたいに気持ちを露《あら》わにしたなら恥ずかしすぎる。

「もちろんＫＵＭＩも続けていくよ。けど新しい子の起用も雑誌には必要だからね。ＫＵＭＩとは真逆のカラーで攻めてみようかと思っててさ……」と、まるでフォローするかのように言った。いや、編集長は普通に言ったのに、そう聞こえただけかもしれない。爆発しそうな感情の芯が一体なんなのか分からなくなっていた。

目に映るのは、ただただストロボの光に包まれるＲＩＳＡの姿だった。これでもかというほど愛くるしいＲＩＳＡの表情とポージング。かわいいのにどこかかっこいい、ガーリーとボーイッシュが同居した稀《まれ》な存在。キラキラ輝くという言葉はこういうときに使うのだろう。本当にキラキラと聞こえてきそうだった。バックグラウンドミュージックのように「編集部の人気だよ」という言葉が耳の奥でこだましていた。

＊　＊

「へぇ～、感心！」梅ちゃんが、驚いて言った。

私が、ＫＵＭＩのヨガクラスのあとに別のヨガ教室でもう一レッスン受けると言ったら、そう返したのだ。

ヨガを始めてこれまでＫＵＭＩのクラスしか受けたことがなかった。ＫＵＭＩに会いたいという不埒な理由があったからだけど、最近の私は少しずつヨガそのものに興味を持つようになっていた。そして、ヨガの世界にもやっぱりカリスマ的存在の先生がいて、その先生のヨガスタジオのほとんどはこの東京にあることを知った。さすが、東京。それなら受けてみない理由がない。

私は、綿本彰先生のクラスを受けてみることにした。男性インストラクターということも気になった。そもそもヨガというのは、インドで男の人だけに許された修行だったらしいけど、それはいつのことか、私の周りにはＫＵＭＩを始め女性しかいない。梅ちゃんはゲイだから例外として。だから、どんな先生でどんなふうに指導されるのか興味が湧いたのだ。それに綿本先生のクラスは仕事終わりの人も来られる夜遅めのクラスがある。ちょうどＫＵＭＩのクラスを受けたあとに移動しても、間に合うのだ。とはいえ、ヨガを一日三時間くらいすることになるので、梅ちゃんが驚くのも無理はない。

ＫＵＭＩはさほど驚いた様子もなかった。ちょっとは褒めてくれるかなとは思ったけど、さっさとほかの生徒のほうへ行ってしまった。

レッスンの途中で梅ちゃんが「今日のＫＵＭＩなんか変じゃない？」と訊いてきた。私はそうは思わなかったけど、確かにそうなのかもしれない。きっと疲れがたまっているのだ。そっけない態度はそのせいだろう。

「へぇ〜」と語尾を長くして何度も驚く梅ちゃんに、私は「ソーハム！」と気合いを入れてから別れた。

週二回もしくは三回のＫＵＭＩのクラス、毎日の朝ヨガを繰り返すうちに、ヨガをしない日は、身体がなんだか気持ち悪くてムズムズするようになっていた。朝ヨガで身体を目覚めさせると一日がスッキリして、何もやりたくないと思う倦怠感《けんたいかん》とは無縁になった。そういう日々の小さい変化がますます私のヨガ熱をヒートアップさせていったのだ。

綿本先生のクラスはＫＵＭＩのクラスとはまったく違う雰囲気だった。教室に入ったら私語は慎むようになっていて、それぞれ静かに自分の時間を過ごしている。照明は落ち着く光量に調整され、何より、生徒が揃うずっと前からそこにいたのであろう綿本先生本人が、一番前のマットの上でゆっくりと身体を動かしながら静寂を作り上げ、同時にその空気が教室全体へと広がっている。

そこにいるだけで、まるでヨガ上級生のような気分になった。自然と背筋が伸びてくる。そわそわした気分がスーッと抜けて落ち着いてくる。

ヨガを始める前に気持ちを落ち着けるとこんなにも違うのか、とまだクラスが始まる前からお土産までもらったような気分になる。

綿本先生が繰り広げるヨガの誘導は、指の先の爪、皮膚の内側と外側というような、繊細な部分を繊細に感じるヨガだった。私が受けたクラスはもう夜だったにもかかわらず、細胞のひとつひとつがプチプチと目覚め始めたような感覚になった。

細胞のひとつひとつが
プチプチと目覚め始めたような
感覚になった

私は、目覚めた細胞に新しい空気を流し込むように、新しい仕事のあれこれを吸収していった。そうして、カフェ・ジラフの茶色のキャスケットとエプロンが板についてきたある日の午後のことだった。

ランチを食べに来た、私と同じ年ごろの二人組の女性客がいた。

「山田《やまだ》さんちの季節野菜を使ったシーザーサラダがお一つですね」私はいつものように注文されたメニューを繰り返した。

ジラフは、産地直送の野菜を売りにしたメニューが多い。そして生産者の名前までメニューに盛り込まれているものだから繰り返すメニュー名がどうしても長くなってしまう。

注文を取り終えて去ろうとすると、クスクスと笑い声が聞こえてきた。私が注文を取ったばかりの二人組だ。

「ね、どこの出身だろう」

「東北のほうかなぁ。すごい訛ってたね」

「山田さんちの季節野菜を使ったシーザーサラダがお一つですね」

私の訛りを真似て笑っている。一応ヒソヒソと話しているつもりだろうが、丸聞こえだ。私はカーッと顔が熱くなるのが分かった。

「訛っている」という事実は自分がどう頑張っても田舎者であることを証明してしまう印《しるし》みたいなものだった。

実はこのコンプレックスはKUMIと一緒に住むようになって少し薄れていた。KUMIと一緒にいればいるほどKUMIのようになりたいと考えることがばかばかしくなってくるのだ。だってなれる訳がない。これは諦めというのではなく、人には人それぞれの味があるのだからというようなちょっとは前向きな気持ちによるものだった。

なのに今、田舎者のひがみっぽい私がまた顔を出しそうになる。普段は意識して訛らないように努力はしているのだが、どうしても自分の気づかないところで訛っているのだ。「味」と思い込もうとしていたのに「恥」に戻っていく。

私は咄嗟につぶやいた。

「ソーハム、ソーハム」

ソーで吸って、ハムで吐く。ゆっくり呼吸を整える。

私は大丈夫、恥ずかしくない。落ち着いて、落ち着いて、慌てない、慌てない。

顔のほてりがゆっくりと引いていくのを感じた。

以前の私なら、思わず喧嘩《けんか》してしまったかもしれない。イライラしてそのまま仕事を続けられなかったかもしれない。ヨガと瞑想の恩恵だ。

思いがけずして出会ったヨガがこんなに私を変えてくれるとは……。だから私が、もっとヨガのことを知りたい、いろんな先生のヨガ指導を受けてみたいと思うことは自然な流れだった。

ウタールヨガヒーリングスクールの椎名慶子《しいなけいこ》先生は瞑想に重点をおいたレッスンをすることで有名だった。瞑想で自分と向き合い、自分の本質を見つけるというものので、私が次に受けてみたいレッスンの一つだった。けれど、あいにくKUMIのクラスと同じ時間帯しかなく、悩んだ結果、私はKUMIのクラスを休むことにした。

考えてみるとKUMIと最近会っていなかった。同じ家に住んでいるので、会わないというのは大袈裟かもしれないけど、私は一文無しの挽回《ばんかい》をしなければならなかったので、アルバイトのシフトを多く入れるようにしていて、そのため帰りが遅くなり、家に着くとだいたいKUMIは寝ていた。

それに加えてKUMIはある日から朝ヨガをしなくなっていた。

起きてきたKUMIにいつものように「ヨガしよ」と誘うと、時間がないと断られたのだ。拍子抜けしたものの、そんな日もあるか、とその日は一人で朝ヨガをした。それからぱたりと朝ヨガをしなくなった。理由は「時間がない」か、だるそうにして起きてこない。仕方なく一人でするようになった。私には大切な朝の日課だったけど、KUMIと過ごす時間が極端に減ったのは事実だった。

だからKUMIのクラスを休むとなると、さらに顔を合わせなくなるので、ちょっと気が引けたけど、椎名慶子先生の瞑想レッスンへの関心には勝てなかった。さりげなく休みたかったので、当日梅ちゃんにうまく伝えてもらうことにした。

アルバイトで失敗してもヨガや瞑想でリセットして自分を取り戻し、またアルバイトを頑張る。私の中で、呼吸法「ソーハム」はすっかりリセットのための合い言葉になっていた。

それでも、私のターニングポイントとなる事件は起きた。

まだ開店前のジラフに、大量の野菜や調理用素材が届いたのだ。それらの品々は厨房《ちゅうぼう》に収まりきらず、カウンターはもとよりテーブル席のスペースにまで広がった。決して大きくないカフェ・ジラフがこんな大量の材料を片付けられる訳がない。

千鶴先輩が引きつった顔でその数を数える。どうやら一つでいいものが、何もかも二つずつ届いてしまったらしい。千鶴先輩が見ると、納品書では、こちらが二つずつ発注したことになっていた。つまり注文通り、間違いなく届いただけということとだ。では誰が、一つずつでいいものを二つずつ頼んだのか？

注文者は、私だ。

「ちゃんと注文したの？」千鶴先輩が震えた声で訊いた。

「はい、しました。ちゃんとふとっつ（ひとつ）ずつって」

一瞬、空気が止まるのを感じた。

「へ？　なんて？　今なんて言った？」

「え、ちゃんとふとっつずつ注文しました」

「ふとっつ？　ふとっつずつって言ったの？」

「はい、ふとっつずつ頼みました」

「はぁ〜」

それはめったに聞いたことがないくらい大きなため息だった。千鶴先輩は、少し時間を置いてから言った。

「それは、誰が聞いても『ふたつずつ』としか聞こえないね」

へ？　私の頭はこんがらがった。ふたつ？　ふとっつが、ふたつに聞こえる？

「ふたつ？　ふとっつ？　ふたっつ？」

私が考え込んでしまった横で、千鶴先輩は頭を抱えた。

そこに店長がやってきた。

「おはよ……何これ⁉」

千鶴先輩の報告を聞いた店長もやはり頭を抱え、しばらく黙っていたけど、私を呼ぶと言った。

「方言もいいけど、とりあえず東京で働くなら直そうか」

まるで方言が病気かのように言った。いや、首にならなかっただけましだ。


その夜私は、ソーハムに駆け込んだ。

「梅ちゃん、助けて！　訛りを直したいの」

カウンターの中にいた梅ちゃんはキョトンと私のほうを見て、

「あら、なんで？　かわいいのに」

私は事の発端を説明した。そして店長から直したほうがいいときっぱり言われたことも。

「私だって、訛りてくて訛ってんじゃねぇのに。東京さ生まれでれば、こった苦労しねくてすんだのに……」ぼやく私に梅ちゃんは言った。

「恨んでも、過去は変えられないんだから。あんたがそう思うならつきあうわよ」

梅ちゃん、ごもっともです。私はいつもどうしようもないことに文句を言っては拗ねていました。努力しなくては何も変わらない、何も動かない。過去は変えられないけど、未来は自分次第。

私は顔を歪ませるのをやめて真っ直ぐ梅ちゃんを見て言った。

「お願いします！」

こういうときの梅ちゃんはホントに頼りになる。店から持ってきたメニューを上から順番に正しい発音で言えるようにする。

小山《こやま》さんちのきのこチャウダー。野口《のぐち》さんちのポテトコーンポタージュ。丸山《まるやま》さんちのごろごろトマトのボロネーゼ……。梅ちゃんが見本に言ってみせてくれ、それをリピートする。いちいち名前が長い分、練習台には逆によかった。

だけど、こんなに自分の訛りが酷《ひど》いとは思っていなかった。正直、もう少しましだと思っていたので、梅ちゃんにあまりに全然違う指摘を受けたときは、まさか嵌《は》めようとしているんじゃないかと一瞬疑ったほどだ。自分のレベルを棚に上げて疑ったりしてごめんなさい。

瞬くんも気を遣って温かい飲み物を持ってきてくれたり、疲れているだろうに結局最後までつきあってくれた。一人じゃないっていいな、としみじみ心強かった。

家に戻るとすでに部屋は静まりかえっていた。ダイニングテーブルの上の花瓶に挿していたお花がぐったり萎《しぼ》んで、テーブルの上にも花びらが落ちていた。

最近、自分のことばかりで家事がほったらかしだった。明日早く起きて掃除でもするかと考えながら、萎んだ花を捨てようとゴミ箱のペダルを踏んだ。

「ん？」

蓋の開いたゴミ箱の中には、大量のファーストフードの包み紙が捨てられていた。

「なんだ？　これ、誰が食べたの？」

ＫＵＭＩが食べる訳がない。今までハンバーガーなんかのファーストフードを食べているのは見たことがない。もし、食べたとしても、ゴミの量が合わない。捨てられた包み紙は何個分もあり到底一人では食べられない量だ。

「あ……」

ふと何日か前に見た光景を思い出した。

あれは朝、起きてすぐのことだったと思う。飲んだ野菜ジュースのパックが空になり、ゴミ箱に捨てようと開けると、中に何個ものカップラーメンのゴミが入っていたのだ。それを見て私は友達が何人か来て食べたのだろうと思った。それにしてもみんなでカップラーメンなんて意外だな、と特にそれについてＫＵＭＩに聞く訳でもなかった。

私はなぜか分からないけど、急に不安を感じて、急いでKUMIの部屋へ行った。軽くノックをしたけど返事がない。そっとドアを開けると、KUMIがベッドですやすや寝ていた。ホッとした。

なんだか久しぶりにKUMIの顔を見た気がする。寝ているKUMIはまるで眠れる森の美女のように美しかった。

「めんこい（かわいい）」

思わず声が出てしまったけど、KUMIが気づく気配はなかった。きっとKUMIも疲れているんだろう。私はドアをそっと閉めて、階下に下りた。

翌朝も一人での朝ヨガだった。朝の日差しがことのほか気持ちよく感じた。なぜなら私は、生まれ変わったのだ。完璧とは言えないけど、私は今日から訛りのない本沢海空になるのだ。

心に思いついた言葉の数々が新しい音を奏でている。店長、千鶴先輩はどんなリアクションをするだろう。KUMIは？　きっと驚くに違いない。早くKUMIと話したいな。

バイトに向かう足取りが浮いてしまいそうなほど軽かった。

＊　＊

あの子が、私のクラスを休んでほかのヨガスタジオのレッスンを受けに行くようになった。

梅ちゃんは「いいことじゃない、こんなにヨガにはまってさ」と言う。不満そうな顔をしてしまったのか、慰めるみたいに「ＫＵＭＩのクラスは休みたくないけど、どうしても椎名慶子先生の瞑想クラスと時間が被るからゴメンって」と伝言され惨めになる。

どちらにせよ、比較して私のレッスンは外されたということだ。それが事実。私はメインから外されていくのだ。メインから……。

あの日、ＲＩＳＡが表紙を飾ると聞かされたあと、自分がどんなふうに撮影をして、どんなふうに終えたのか、覚えていなかった。酔って記憶をなくしたこともないのに、ストンとその記憶が抜け落ちている。ちゃんとポーズをとっていたのか？

表情を作れていたのか？　編集長、編集部員を裏切ったりしていないか？　まったく記憶がなかった。

翌朝目覚めたとき、自分が濡《ぬ》れたままのボロ雑巾みたいだと感じた。ベッドに横たわった身体はズッシリ重く、そのまま中に沈んでしまいそうだった。自分のものではないように感じた。急に不安が襲いかかってくる。そしてその覚えてないという事実もまた不安を増長させ、精神的な恐怖になっていった。起き上がりたくなかった。だけど、下ではあの子が朝ヨガの準備をしているに違いない。私は無理矢理、身体を起こすと階下に下りた。

「おはよ、ヨガしよ」

ほらやっぱり。すでにヨガウエアを着て準備万端のあの子がそこにいた。なんの苦労もなんの不安もない子。顔を見ていたくない、咄嗟に思った。

「今日はいいや、時間ない」思わず断ってしまった。冷蔵庫から水を取ると折り返すように部屋へ戻った。

あれから朝ヨガをしなくなった。適当に理由をつけて。

あの子もバイトで忙しそうにしているので、顔を合わせなくてすんでいる。自分の調子が悪いところを見られたくなかった。二人きりの時間は、今は気まずい。

こちらがこんなふうに思っているから、あの子もほかのヨガスタジオに行ってしまうのかもしれない。こちらを休んでまで……。

スタジオ内を見回すと、あの子がいないだけでなく全体的に生徒が少ないように感じた。気のせいだ。今日だけ偶然だと思いたいのに今はちょっとしたことすべてが気になってしまう。

どうして運命というのはこんなにも勝手で、思うようにいかないのだろう。

私は肩からフレアのついた華やかなピンクのブラウスにダークパープルのパンツを合わせて久しぶりにヨガウエアプロジェクト「スプレンス」のミーティングに臨んでいた。

前回のミーティングは、社内だけで詰めたいことがあるのでキャンセルさせてほしいと連絡があり、急遽《きゅうきょ》なくなり、それが今日に変更されたのだ。

「社内だけで」という言葉に何かおかしいと気づくべきだった。こんな微妙にはりきった感のある服装でやってきて、笑ってしまう。きっと同情されているに違いない。私以外のスタッフは、デザイナーもパタンナーもＭＤも営業も、みんなテーブルの周りに私を取り囲むように直立不動になっていた。

「本当に急な展開ですみません。ですがこのプロジェクトはなくなるというより、延期という形にさせていただきたいのです。急に社の方針が変わったので、私たちにはどうすることもできず……」

この言葉をどんな思いで言ったのだろう。当初から企画を担当して動かしてきてくれたカリコの社員が絞りだすような声で言った。

そうだ、彼らは悪くないのだ。彼らはやめたくてやめる訳ではない。彼らだって私と同じように悔しいのだ。社の方針って一体……。

だけど、今の私にとってこのプロジェクトがなくなることは、残り火まで消されてしまうような事態だった。なんとか残っていた小さな炎を親指と人差し指でいとも簡単にギュッとつまみ消されるような気がした。

何か言おうとすると、喉が震えているのが分かった。完全に冷静さを失っていた。

でも、私は皆の前で悔しさをぶちまけたりしない。

「ありがとうございました。また立ち上げることになったら是非よろしくお願いします」

ちゃんと笑顔になっていたか分からない。笑顔のつもりで部屋を出た。

私は咄嗟に篤史に電話をした。メールではなくて電話。手が震えている。あれ以来篤史とは連絡を取っていなかった。でも今すぐ会いたかった。この状況を理解できる篤史と会って話したかった。

お願い、出て、早く！　心の中で叫んだ。

「……はい」少し冷たく感じる声だった。

「あ、篤史、今どこ？　私、銀座なんだけど来れない？」一息で言った。

間があく。返事がない。なんの間？

と電話口の向こうでため息が聞こえたような気がした。

え？　不安になる。それでも来てくれると信じている自分がいる。

「分かった……」いつものノリのいい篤史の声ではなかった。

きっと怒っているのだろう。だけど来てくれる。私はホッとした。会えば大丈夫。話せば全部分かる。


ボッボボッボッ……

篤史の車がやってきたのはすぐに分かった。いつものエンジン音。あのとき、RISAを乗せていった光景を思い出しそうになるが、今はやめよう。何があったにせよ来てくれたのだ。

「ありがとう」私は車に乗り込んだ。

だけど、私の思いに反して篤史は一向に話をする気配がなかった。始終、厳しい顔で前を向いていて、私に話をさせる隙も与えない。私は話しだすタイミングを失ったまま、ただ座っていた。

どこかの国の偉い人が来ているのだろうか、白バイに乗った警察官が何台も列をなして通り過ぎていく。「なになに？　今日なんかあったっけ？　ニュース載ってない？　ちょっと携帯で調べてよ」いつもの篤史ならきっとそう言っただろう。今は白バイなんて目にも入らないといった様子で前を向いたままだ。

そしてそのまま、代々木上原の私のマンションの前に到着した。車が停《と》まっても、篤史は沈黙を続けていた。私はどうしていいか分からず、ゆっくりシートベルトを外した。カチャッという音が妙に車内に響く。その音をきっかけに篤史が口を開いた。

「あのさ……」よかった、やっと話ができる。

「おれのこと呼び出すの、もうこれで最後にしてくれる？」

思いがけないその言葉にドキッとして訊きかえす。

「え？　……なに？　……突然」

「おれ、もういいから」

少し呆れたような目でこちらを見ている篤史がいた。

その瞬間、さっきまでの弱気な気持ちが素っ飛んだ。駄目、今言っちゃ駄目……

どこかから聞こえてくる声を私は無視した。

「何それ、ＲＩＳＡに鞍替《くらが》えしたからいいってこと？」

「なんでそうなるんだよ」

「違うの？」私の声は攻撃口調だった。

「この際だからはっきり言わせてもらうよ」

篤史は、改めるように身体をこちらに向けた。

何？　何をはっきり言うの？　と、私じゃない誰かが震える声で訊いている。

「おれもう、おまえに振り回されるの嫌なんだよ！」

いままで「おまえ」という言われ方をしたことがあっただろうか、こんなに強い物言いをする人だっただろうか。篤史は私に口を挟む隙を与えず続ける。

「おまえは自分が大事なだけじゃん、自分のことしか見てないじゃん。おれのことなんてどうでもいいんじゃん」

勢いづいた篤史がハンドルにドンッと拳を打ち付けた。その鈍い音が心臓に響く。

「おまえのそのプライドに付いていけないいんだよ。もう自分の世界に縛り付けようとするのやめてくれよ！」

プライド、自分の世界……そんなふうに思ってたの？　もう十分、それ以上言わないで。今の私には受け止める余裕がなかった。

これまで一度も篤史を縛り付けようとしたつもりはない。でも縛り付けていたのかもしれない。それも今は分からない。何が悪かったのか、どうすればよかったのか、考える余裕がなかった。

私は車から飛びだすと、走ってマンションを駆け上がった。

ピンクのフレアが虚しいブラウスを脱ぎ捨て、部屋着のスリップドレスに着替えた。何を急いでいるのかというくらいせかせかとキッチンへ行くと、ワインを開けた。

＊　＊

「海空ちゃんのいいところは素直に頑張るところだから、それを生かしてこれからも頑張ってよ」

店長に新しいバッジを渡された。私は晴れて本採用。これまでの「研修生」のバッジをはずして、「ジラフ　海空」と名前の書かれたバッジを胸につけた。

私が、訛りを直してきたことは、店長、千鶴先輩だけでなく、キッチンスタッフにも驚くべき出来事だったようだ。私が標準語を話すのをキッチンカウンターから顔を出してまで聞いていた。ニヤニヤと笑いながら。

「違うと思ったらすぐに直してください。自分では分からないので」

私は、店のみんなにお願いした。店長は私の意気込みを買って、本採用にしてくれた。

ＫＵＭＩはなんと言って喜んでくれるだろう。それを考えると嬉しくなった。今日は真っ直ぐ帰って報告しよう。久しぶりに晩ご飯を作るのもいいかもしれない。

駅前の花屋は、いつになく華やかな花を取りそろえている気がした。私は迷わず中に入った。

「ＫＵＭＩが好きなのは……」

ＫＵＭＩにお土産のお花を買いたかった。バラ、ガーベラ、ダリア……どれも個性的なカラーが揃っている。私は赤をメインカラーにしていくつかの花を交ぜてもらうことにした。

綺麗な物を見たときのKUMIは素直に高い声を出して喜ぶ。いつも大人っぽいKUMIなのにそういうときは少女のようにかわいくなるのが私は大好きだ。

花束を抱えてKUMIのいるマンションへ帰った。マンションが近づくにつれ私の足取りは速まった。

ドアを開けて中に入るとKUMIがいることはすぐに分かった。

「KUMI！　ただいま〜」私は子犬が主人に駆け寄るように、KUMIのもとへ走っていった。

「ねぇねぇねぇ、聞いて聞いて！　今日何があったと思う？」

まずはバイトの報告をしたかった。

「知らない」KUMIはそっけなく言った。少しご機嫌斜めのようだ。

「あ、冷たいんだ」私は、敢えて明るくその素っ気なさを指摘した。だってバイトの本採用の話を聞けば、そしてお土産のこの花を見れば……。

「じゃあね……ホラッ！」

私はKUMIの顔の前に花束を差しだした。ジャジャーンと効果音付きで。それでもＫＵＭＩは顔を背け、心を開かなかった。私は負けずによりハイテンションでアプローチした。

「ね、かわいくない？　かわいいでしょ。ほら、見て、ほらほらほら……」

花束を顔の前で振ってみた。そのときだ。ＫＵＭＩが受け取ろうと手を差しだしたのかと思ったら、その手が花束めがけて飛んできて、ものすごい勢いで払い飛ばしたのだ。

花束は空中で回転して、赤い花びらをまるで血しぶきのようにまき散らすと、無残に床に叩きつけられた。

「ウザい」

ＫＵＭＩはそう言った。

どうしてこういうときのハイな気持ちは一気にベクトルを真逆に変えてしまうのだろう。自分でも驚くほど冷ややかな気持ちになった。

「ちょっと何それ……ヒドくない？」

私は惨めに転がる花束を拾い上げた。

「なんかヤなことあったのかもしんないけど、私に当たんないでよ！　せっかくこっちはハッピーな気持ちで帰ってきてんのに台無しじゃん！」

「その話し方もウザい」

そういえば、私は標準語でまくし立てていた。いつからこんなに饒舌《じょうぜつ》に標準語を話せるようになったんだっけ？　言われて初めて気づく。そしてどうしようもなくがっかりしている自分がいることにも。ＫＵＭＩが喜んでくれると思っていたことにあっさり「ウザい」レッテルを貼られてしまったのだ。

なんと言い返せばいいのか分からないのに、勝手に口は動いていた。

「そういうときは瞑想すればいいんじゃなかったんでしたっけ？　ねぇ、センセイ」

前髪を掻き上げながら、ＫＵＭＩはギロッとこちらを向くと、聞いたこともない低い声で怒鳴った。

「うるさいなぁ。嫌なら出ていってよ！」

そしてその勢いで部屋を出ていってしまった。キッチンのドアがバタンと大きな音を立てた。

追いかける気も、謝る気も起きなかった。ＫＵＭＩのいなくなった部屋で私はつぶやいた。

「あ、そう」

＊　＊

眩《まぶ》しい。そう思って目が覚めた。

私の気持ちを完全に無視した眩しい日差しが窓から降り注いでいた。

昨日、篤史との喧嘩のあと、あの子とも言い合いになり、怒った勢いのまま寝てしまい、カーテンを閉めなかったのだ。

疲れた。朝起きたばかりだけど、疲れていた。身体を動かすと頭痛がすることにも気づいた。水が飲みたい。

私はそっと身体を起こして部屋を出た。階段を下りるまでにあの子の部屋の前を通らなければならない。顔を見たら「おはよう」と言えるだろうか。

あの子の部屋のドアは少し開いていて、私の部屋と同じように差し込んだ日差しが、廊下までこぼれていた。

あれ？　違和感を覚えた。細く開いたドアの向こうが妙に明るい。まるで誰も住んでいない部屋みたいに……。

私は吸い込まれるようにあの子の部屋に近づいていき、ドアを押した。部屋にあの子はいなかった。あの子どころか、部屋の中の物は何もかもなくなっていた。白いベッドマットの上には、私が貸した服やアクセサリーがきっちりとたたまれ並んでいた。「ありがとうございました」と。

物がなくなって部屋の白い壁がむき出しになり、部屋中が光を反射させるレフ板の作用になってこんなに明るかったのだ。

出ていった……。

厚かましく図々しく、人の家に上がり込んで勝手に物を整理してこの部屋に住み着いたあの子が、なんでもずけずけと本当のことを言い、知らず知らずのうちに人の心にまで足を踏み入れてしまうあの子が、出ていってしまった。

「海空……」

声が出た。そうして気づいた。今初めてあの子のことを「海空」と呼んだことを。どうして今まで一度も名前で呼ばなかったんだろう……。考えても分かりそうになかった。

ふらふらと階下に下りながら、孤独が押し寄せてくるのを感じた。

リビングにもキッチンにも朝の日差しが燦燦《さんさん》と降り注ぎ、暗闇の中を歩く恐怖に似た感覚に陥った。真っ白で誰もいない、道もない、ただただ真っ白な世界。そこは真っ暗闇と同じくらい、いやそれ以上に自分の孤独さを強調する場所だった。

私は家中のカーテンを閉めた。まだ真っ暗闇のほうがましだった。

＊　＊

いつもと変わりなく、カフェ・ジラフの朝は始まる。外周りの掃除。床のモップがけ。テーブルを拭いて席を並べる。それが終わったら、こまごまとしたものの準備。コーヒーカップを並べたりカトラリーを揃えたり……ただ今日はやることが沢山あることがありがたかった。嫌なことを考える時間が少なくてすむ。

夜の間に、荷物をまとめた。ＫＵＭＩの部屋を出たのは深夜三時ごろ。もちろん行く当てはなかった。私はジラフの裏の倉庫に荷物を押し込んで、漫画喫茶で休んだ。ムカムカとした気持ちが収まらず、コンビニで買ったビールをこっそり飲んで寝た。数時間して目が覚めたとき、すっかり気持ちも覚めていた。

なんであんなに怒ったんだろう。自分でも分からなかった。確かにKUMIにバイトの正式採用を祝ってほしかった。お花を見て喜んでほしかった。だけど、KUMIが、どこか辛《つら》そうにしていたのは事実だ。私はそれを気にすることなく、一方的に話をした。私こそ、なぜあそこで「何かあった？」と一言聞いてあげられなかったのだろう。どうしてか、一気に沸点に達してしまった感じだった。

漫画喫茶にいても仕方がない。まだ早かったけど、私は、急いでジラフに移動して、とにかく目先にある仕事をこなすことにした。

それにしても考えれば考えるほど、落ち込んでしまう。しかもKUMIの家を出てこれから先、一体どうしようというのだろう。いや、今はまずKUMIに謝ることを考えるべきだ。

「海空ちゃん、どうした？　失恋でもした？」

気づくと店長が来ていた。

「……そんな感じです」と私。

「あ〜聞きたくなかった。海空ちゃんの恋バナ」

私が苦笑いすると、

「今日も忙しくなるから、頼んだよ」と背中をポンと叩いた。

店長の一言でちょっと救われた。よかったここがあって。

たしかに彼氏との喧嘩みたいだ、と思う。もちろん私の経歴は時森くんしかないから偉そうには言えないけど、気持ちが少し切り替わった。恋バナだと思えばいい。そんなに深く考えることじゃない。ちょっとした喧嘩だ。早く謝れば次の日には、なんであんなに怒ったの、とまた笑い合えるに違いない。店長にお願いして、今日は早くバイトを切り上げてＫＵＭＩのヨガに行こう。あ、その前に倉庫の荷物のこと言わないと、だな。

ジラフの最も忙しいランチタイムを乗り切り、私は早退した。


「大変申し訳ないのですが、今日のＫＵＭＩ先生のクラスはお休みとさせていただきます。振り替えクラスのチケットは……」

スタジオの受付スタッフが申し訳なさそうにやってきて言った。スタジオ内がざわつく。

「へ、なんで？」ドキンとする。

私の隣にいた梅ちゃんの顔も深刻なものに変わった。昨日の一連の話を聞いてもらっていたところだった。

まわりの生徒たちから「連絡が取れないらしい」という噂《うわさ》が耳に入ってくる。

「やばいね……」梅ちゃんがつぶやいた。

「なに？　なんで？」

梅ちゃんはジッとこちらを見ると、

「実は、あんただけじゃないのよ。いざこざがあったのは……」

昨日、私がＫＵＭＩと喧嘩していたころ、バー・ソーハムには、アッシくんが来ていて、ＫＵＭＩのことを相談していたそうだ。

私が運転手呼ばわりしたアッシくんは、運転手でもなんでもなくて、楢山篤史さん、で、ＫＵＭＩとつかず離れずの仲で、ソーハムに飾られているかっこいい写真はすべて篤史さんが撮り下ろしたもので、あの二人の関係でないと撮れないものばかりだということを前説としてざっと聞いた。

それだけでもあの運転手トークはかなりやらかした感のある話であったことは言うまでもない。あのときの篤史さんのリアクションの意味がやっと分かった。

篤史さんは、初の個展がやっと決まり、ＫＵＭＩとお祝いをしようと撮影スタジオに出向いたそうだ。なのにメールの返事がないまま、モデル仲間のＲＩＳＡからＫＵＭＩはマヴェルニ編集長と食事に行ったと聞かされたのだ。

自分のお祝いなのに花束を買っていったそうだが、そのくだりは、私とまったく同じ流れで妙に共感できてしまう。

ＫＵＭＩのことを教えてくれたＲＩＳＡは、一旦、帰っていったものの「もし一人なんだったら、ご飯つきあってくれない？」と篤史さんの車まで戻ってきたそうだ。時間はあるし、気晴らしにもなると思って二人でご飯を食べに行ったのだという。でも自分を気遣ってくれようとしているのが分かって虚しくなり、早々に切り上げ、ソーハムにやってきた。梅ちゃんに話を聞いてもらいたくて。

そこで私に会い運転手扱いされ、寝耳に水。ＫＵＭＩは自分のことをそんなふうに思っているのかと、虚しさを通り越して呆れてしまったらしい。バカな自分に。

ＫＵＭＩの運転手まがいのことはもうやめよう、そう思ってＫＵＭＩからの「迎えに来てほしい」というメールはしばらく無視していたそうだ。

なのに、昨日はなぜかめずらしくＫＵＭＩが電話をしてきた。メールではなく。篤史さんはＫＵＭＩが自分の気持ちに気づいたのかもしれないと思って電話に出たそうだ。

「今どこ？　私、銀座にいるんだけど来れない？」

いつもとなんら変わりのない言葉だったという。

呆れたけど、このままほったらかしにしていてもどうにもならない。それならばはっきりと言おう「運転手はしない」と。そして自分とのことをどう思ってるのかを訊こう。そう思いKUMIを迎えに行ったのだと。

車の中では始終無言、険悪なムードだったという。KUMIは何か言いたげでもあったが、言いたいことだけ言わせてたまるか、今日はおれが先に言わせてもらう、と強い気持ちでいたそうだ。

「おれを呼びだすの、もうこれで最後にしてくれる?」

マンションの前に到着して、かなり時間があってから漸《よう》や《や》く切りだした。するとKUMIはすかさず、「RISAに鞍替えしたから?」と攻撃したらしい。

KUMIらしくない、と思った。

確かに篤史さんは、RISAから積極的な誘いがあって、何度かデートをしたらしい。RISAが自分に気があることにも気づいていた。だけど、誰に聞いたのかそれを持ち出すKUMIに苛立《いらだ》ちが爆発し、思っていること思っていないこと、少しは思ったかもしれないこと全部、ぶちまけたそうだ。

話を聞き終わるとKUMIは何も言わず車を飛びだしていってしまった。

KUMIの顔はみるみる強気なそれから、弱気な、見たこともない顔に変わったのだという。涙をにじませたKUMIを見て初めて「なんてことを言ってしまったんだろう」と後悔したらしい。でももうそれも手遅れだった。

ソーハムでは「そろそろ潮時なのかもしれない」とつぶやいていたらしい。篤史さんにも男のプライドってやつがあるだろう。KUMIの運転手じゃ、いつになっても写真家・楢山篤史になれやしない。

「アパレルの友達から聞いた話なんだけど……」梅ちゃんが続ける。

「KUMIのプロデュースブランドも頓挫《とんざ》したらしいのよね……KUMI、その話を篤史くんに聞いてほしかったのかもしれない……」

「へ？」思わず訊きかえしてしまった。昨日のKUMIの姿を思い出した。嫌なことがあったのかもとは思ったけど、そんなに立て続けに起きていたとは思わなかった。ど、どうしよう……自分の顔が青ざめていくのが分かる。

「私、全然そんなこと知らなくて、酷《ひど》いこと言っちゃった……」

「え？」

「どうしよう。私、KUMIを侮辱するようなこと言っちゃったよ」

私は一連の話で梅ちゃんに言っていないことがあった。「瞑想すればいいんじゃなかったんでしたっけ？　ねぇ、センセイ」と暴言を吐いたことだ。とても言える内容じゃなかった。卑怯者《ひきょうもの》だ。

「なんかあったかもね……」梅ちゃんの顔がさらに強張った。

え？　何？　なんかって？　と考えると同時に私は立ち上がっていた。

「私、見てくる」

KUMIは、家にいると思ったのだ。

「う、うん。様子分かったらすぐ連絡ちょうだい！」

「分かった！」最後の返事はもうスタジオを出るところでだった。

スタジオヨガートからKUMIのマンションまでさほど遠くはない。私はとにかく走った。大通りに出るとタクシーを捕まえた。家の近くは一方通行でどうしても車だと遠回りしてしまうので、タクシーを降りてまた走った。

KUMIがどうしているのか、スタジオを無断で休んでしまうようなKUMIが想像できないだけに不安がよぎった。

十五分ほどで着いた。マンションの階段を駆け上がり、部屋に飛び込んだ。

「KUMI！」

リビングにKUMIはいなかった。ただ、カーテンが閉められていて真っ暗だった。普段閉めないような小さい窓のカーテンまで全部閉められ、リビングから繋がるキッチンまでどこもかしこも外光が入らないようになっていた。薄気味悪かった。キッチンには、ファーストフードやお菓子などが食べ散らかされていて、ワインボトルが何本か空けられていた。一瞬、脚が止まった。ここ最近ゴミ箱で見つけたあの大量のゴミもＫＵＭＩが食べた物だったのかもしれないと頭の中をよぎった。

私は階段を駆け上がった。二階に上がると、ＫＵＭＩの部屋は突きあたりにある。めずらしくドアが半開きになっていて、床に何かがうねっているのが見えた。へ？すぐに何か分からない。けどよく見ると、それはＫＵＭＩの長い髪でその間から細い腕が飛び出ていた。

ＫＵＭＩが床に倒れているのだ。私は、恐る恐る駆け寄った。

ＫＵＭＩはスリップドレスのまま、床に倒れていた。手に持っていたのだろうと思われるワイングラスからは残ったワインが放射状にこぼれていた。さらに睡眠薬らしき瓶が転がっていて、開いた口から錠剤があちこちに散らばってた。

ＫＵＭＩはこれを飲んだのだろうか？

「ＫＵＭＩ、ＫＵＭＩ」

私はＫＵＭＩの身体を揺さぶった、反応はなかった。下に向いた身体を起こすようにに自分のほうに引くと、ごろんとまるで死体のようにこちらを向いた。

身体が震えた。こんなときどうすればいいんだっけ？

そうだ救急車だ。

その単純な答えを見つけるまで随分の時間があったように感じた。私は震える手で携帯の番号を押した。

１１９。


救急隊員の人たちは、こういう状況に幾度居合わせてきたのだろう、私の気持ちとは裏腹に淡々とＫＵＭＩを担架に乗せて運んだ。

救急車には私が付き添いとして一緒に乗った。これまで救急車は信号が赤でも直進できるのを見て、中に乗っている人って優越感に浸っているんだろうなと思っていた。それは間違いだ。中に乗っている間、その救急車が赤信号を突っ切っているかどうかなど全然分からない。そんなことを見る余裕などなくただ早く病院に着いてくれと、担架に寝ている病人の無事を願っているのだ。

ＫＵＭＩは胃を洗浄され、集中治療室に運ばれた。

酸素マスクをしたＫＵＭＩは、まるで人形のようだった。人間になるため、息を吹き込んでもらうのを待っている人形。自分では身動き一つできない……。

いや、違う。ＫＵＭＩもただ一人の人間だったのだ。いろんなトラブルやストレスに耐えられず簡単に押しつぶされてしまう一人の人間だったのだ。

それが証拠に、ＫＵＭＩの手首に繋がる点滴の袋には「唐沢空美《からさわくみ》」と書かれていた。ＫＵＭＩの名前。ＫＵＭＩにもちゃんと親がいて、その人から産まれ、その人からもらった名前があるのだ。

「名前は？」

救急車の中で救急隊員に訊かれた。

「あ、ＫＵＭＩです」

「フルネームを教えてください」

「え？　フルネーム？」

そのとき私は初めて気がついた。ＫＵＭＩというのはモデルとしての名前でＫＵＭＩにも苗字《みようじ》があるということを。そんな当たり前のことに今まで気づかなかった。というか、考えたことがなかったのだ。

「すみません。知りません」

「え？　同居されている方ですよね？」

「はい」

名前が分からないのだ。そう言われても無理はない。でも恥ずかしいという気持ちは起きなかった。むしろ私自身が驚いていた。今まで一度も、ＫＵＭＩの名前とか家族とか、当たり前のことに疑問を抱いたことがなかったことに。

咄嗟に持ってきたＫＵＭＩのバッグを探った。財布の中に免許証を発見して、名前が「唐沢空美」であることを知ったのだ。家族はどこで何をしているのだろう。兄弟はいるんだろうか？　ＫＵＭＩがこんな状態になっていることを連絡しなくてはいけない……。


「アルコールと睡眠薬の相乗効果で意識障害を起こしたのだと思います」ＫＵＭＩの処置を担当した医師が説明してくれた。

「痙攣《けいれん》を伴う失神発作も見られました。仕事的にも相当なストレスをため込んでいたんでしょうね」

「ストレス……」

　仕事的に、というのは、モデルという人前に出る仕事という意味だろう。

「だいたいは予兆のようなものがあるんですが、最近様子がおかしかったということはなかったですか？」

私は、朝ヨガをしなくなったＫＵＭＩや、沢山のファーストフードのゴミのことを思い出していた。そうあれが予兆だったのだろう。でもなぜかそれを言いたくなかった。そんなＫＵＭＩの姿を人に話したくなかった。

「最近、お互い話してなかったんで……分かりませんでした」

「そうですか。精密検査もありますから三、四日入院して、様子をみましょう」


病院の長い廊下を歩いていくと、入り口付近のベンチに梅ちゃんがいた。病院についてすぐメールを入れたから、心配して来てくれたのだろう。

「梅ちゃん……」

私を見つけて走ってきてくれる。

「どうだった？」

「三、四日入院って」

「で、なんだったの？」

私は医師に言われた症状を伝えた。梅ちゃんは一息ついて、

「やっぱりストレスか……パンツのゴム締めすぎちゃったのね。緩すぎても留まんないし、きつすぎても苦しくなっちゃう。ほどよい緩みがないと駄目。ＫＵＭＩは

普段から締めすぎちゃうの。だから切れちゃう……」

なんの力にもなれなかったことを悔やみつつ、どこか寂しそうに言った。たしかに、篤史さんの気持ちを知っていた梅ちゃんなら、こうなる前になんとかできたかもしれない。

二人でタクシーに乗った。梅ちゃんは私を代々木上原のKUMIのマンションに降ろすと、目黒の自宅兼ソーハムまで、タクシーに乗って帰った。

部屋に入ると、緊急時の残骸があちこち目に付いた。

ペットボトル、手袋、カーディガン、タオル。あるといいと思って手に取ったけど、階段を昇り降りしているうちに落としたのだろう。落ちたことにさえ気づかなかった。そんな物たちを拾ってまわった。

KUMIの部屋は、睡眠薬の錠剤と絨毯《じゅうたん》にこぼれた赤いワインがそのままになっていて、先ほどの緊張を容易に思い出させた。

私はしゃがみ込んで散らばった錠剤を拾い始めた。瓶に戻す訳にもいかないし、これはもう捨てていいのだろう。ゴミ箱を探した。

ベッドサイドにゴミ箱はあった。KUMIの部屋でなかったら、ゴミ箱でなく、綺麗な物を入れておく箱と間違えるようなゴミ箱だ。そのゴミ箱を見つけて、ドキッとした。何かとても見慣れた物が捨てられていたからだ。
それは『マヴェルニ』一月号だった。どうして『マヴェルニ』がゴミ箱に？　不思議に思ってゴミ箱から取りだす。中ほどのページがグシャッと潰されたように皺《しわ》になってかさばっているため、そのページがすんなりと開いた。皺になったページを押し広げる。少女のような透明感のあるモデルがページを飾っていた。その前後数ページに渡って同じモデルの特集になっているのが分かった。最初のページにモデル紹介があった。

Cover girl　RISA（カヴァーガールＲＩＳＡ）
今、彼女の中で何かが変わろうとしている
十九才でデビューしてから三年
彼女の持つ〝素材〟と〝個性〟があふれ始めている

ＲＩＳＡ……この人がＲＩＳＡ。梅ちゃんから話を聞いたあのＲＩＳＡだ。篤史さんがデートしたＲＩＳＡ。ＫＵＭＩが「鞍替え」と言ったＲＩＳＡ。そして先ほどからうっすらと気になっていた言葉「カヴァーガール」。つまり、表紙？

『マヴェルニ』の表紙はずっとKUMIだ。少なくとも私が知っている『マヴェルニ』はずっとKUMI。

私はもう一度、雑誌を閉じて表紙を確認する。

そこには、少女のような透明感のなかにキリッとした意思、男の子のような強さを秘めたRISAがこちらを見据えていた。

ここでようやく理解する。このRISAのページが皺になっているのは、偶然ではない。KUMIがやったのだ。

「嫉妬」その言葉が頭に浮かんだ。KUMIがやったということが信じられなかった。でも事実、RISAのページはグシャッと潰され、このゴミ箱に捨てられていたのだ。

篤史さんのこと、RISAのこと、表紙のこと、ブランドのこと、私はKUMIの身の上に起きたいろんなことを想像した。息が苦しくなった。KUMIは誰に打ち明けるでもなく、この部屋で一人こらえていたのだ。

どんなに忙しくても顔パックを怠らず、自分に自信をつけるためと夜遅くにペディキュアをするKUMI。今なら分かる、いつも余裕に見えていたKUMIだけどそうでなかったことが。KUMIはいつもいつも一生懸命だったのだ。戦っていたのだ。私なんかよりずっと激しくずっと必死に戦って向き合っていたのだ。それを誰にも打ち明けられずに、ストレスを抱え込んで、行き場を失ってしまったのだ。

梅ちゃんの言うとおり、締めすぎたパンツのゴムが切れてしまったのだ。

「ごめん、ＫＵＭＩ。ごめんね。なんにも気づいてあげられなかった……」

私はＫＵＭＩのいないＫＵＭＩの部屋でＫＵＭＩに謝った。

虚しくて、悲しくて、腹立たしくて、涙が溢れた。

私は、ＫＵＭＩの努力に気づかず、ひたすらおんぶにだっこで甘えていたのだ。

さぞかしウザかったろう。友達のつもりで、何も知らない。悩みの一つも相談できる訳がない。そんなの友達でもなんでもない。

ごめん、ごめんね。ごめんなさい。

私は何度も心の中で謝った。

＊　＊

「抜け殻」という言葉がぴったりな気がした。中身のない殻だけの状態。私は今、そんな状態だ。

私はベンチに座って、ぼーっと空を見ながら考えた。

病院の中には、入院患者や、お見舞いに来た人が散歩できる庭があって、ところどころに休憩できるベンチが置かれている。私は、その一つに座って空を見ていた。外の空気が吸いたかった。

倒れたことは覚えていない。寝たいのに寝られなくて睡眠薬を飲んだところまでは記憶がある。それでも眠れなくてイライラしていたことも。

気づいたら病院のベッドで寝ていた。部屋が小さいこと以外は不自由を感じないくらい、自分の物が置かれていた。海空がすべてやってくれたのだろう。着替えなんかも、一通り私のお気に入りが揃えられている。私が自分の好きな物に囲まれているとホッとするのを知っているのだろう。何気なく暮らしていただけのようで色々と私のことを見ていたんだと知らされる。

胃の中を洗浄されたと聞いた。そのせいかもしれない。この抜け殻感は。普段洗えないところを洗ってもらって、中身も全部一緒に洗い流されたのかもしれない。何か考えようと思っても、何を考えたらいいのか頭が真っ白になる。正確には、真っ白ほどクリアな感じじゃない。色で表現すると、ぽかんと頭がグレーになるという感じ。

「また会いましたね」

突如声をかけられて、はっと我に返る。白髪の老人がこちらへやってきた。私は慌てて、占領していたベンチを半分譲ろうと腰を動かした。

「あ、ここどうぞ……」

老人の声が笑い声に変わる。

「はははは。お嬢さん、結構ですよ。僕、椅子はありますから」

老人はトントンと両手で脇の手すりを叩いてみせた。車椅子に座っていたのだ。

「あ、す、すみません」ばつが悪かった。

そしてようやく老人の顔を見ることができた。一言目の「また会いましたね」の意味がやっと分かる。午前中の検査のときに廊下ですれ違った人だ。

私は点滴の最中で、点滴台を引っ張りながら検査に向かっていた。すると前からこの老人がやってきたのだ。

廊下は、真ん中に待合用のベンチがずらりと並んでいる。そのために廊下が縦半分で間仕切られるようになっていて、ところどころベンチが区切れたところで右と左とに移動できることになる。

私は、ベンチの左側を歩いていたのだけど、車椅子の老人が来たのを見て、ベンチの右側に移動しようとしたのだ。すると老人も同じことを考えたのだろう、同じく反対側に移動しているのが分かった。慌てて私は、元のほうへ戻ろうと点滴台を引いた。一歩戻って見たら、老人もまた元に戻ろうとしていたのだ。

出会い頭によくある光景だ。

私は、仕方なくもう一度点滴台の方向を変えた。変えたところで、老人もまた車椅子のタイヤの向きを変えたのだ。

「あ……」思わず声が漏れる。そこでやっとお互い向き合った。

「申し訳ない」と老人が気まずそうに笑う。

私もなんとか笑顔を作って、

「私のほうこそ、すみません」と謝った。

「ではこうしましょう。私はこちらへ。あなたはそちらへ」

とまるで、先生のようにゆっくりとした口調でお互いの行く道を示してくれたのだ。

その老人に今、再び会ったのだ。

「かわいらしい方ですね……なのに、随分元気がないみたいだ」

老人は、妙にニコニコとしながら、言った。不思議な空気を感じる。会ったばかりの人なのに、どこか相手に安心感を与える空気。元気がないとそのままのことを指摘されても嫌な感じ一つしない。

「何があったんですか？　こんな老人でもよければ話を聞きますよ」

あぁ、きっとこの人には何もかもお見通しなんだろう、そう思った。私は迷った。この人に話をすればスッと楽になる気がした。でも会ったばかりの人に言えるような話でもない。私はジッと老人を見つめた。こちらを見ている老人の目は、大きな湖のように深く澄んでいた。吸い込まれていくようなそんな感じがした。

「私、分からないんです。何をすればいいのか……何もかも失っちゃって……」

気づくと私は、話し始めていた。


木々が揺れてさわさわと音を立てた。

「もし、あと三日の命だと医者から言われたら、あなたどうしますか？」

私の話を一通り聞いた老人は、しばらく黙って考えたあとにそう言った。

「三日？」

「そう、三日。あと三日しかないって泣いて過ごす？　それとも、あと三日、悔いのないよう精一杯生きる？」

どちらだろう……、正直分からなかった。私は三日の命を一体どうするだろう。

「僕たちってね、みんな平等に同じだけを与えられてるんだよね。それをどう見るか、どう捉えるかで気持ちが大きく変わる。そして、生き方までもね」

そう言って、その老人はどこか遠くを見た。私には届かないどこか遠いところを見たような気がした。

「あなた～！」

女性の呼ぶ声がした。振り向くと、向こうからあたふた走ってくる人の姿があった。

「探しましたよ。もう、あなたまた一人でどっか行っちゃうんだから」

「すまんすまん。こちらのお嬢さんとのお話が楽しくてつい」

どうやら夫婦のようだ。仲むつまじい夫婦。

老人は「今さらだけど」と前置きして自分の名前は佐藤《さとう》だと名乗った。そして、「また会いましょう！」と笑顔で手を振って去っていってしまった。

私は自分の名前を名乗るタイミングを失ったまま、二人が仲良く話しながら去っていく姿をいつまでも見ていた。私は佐藤さんの言った言葉を思い返した。

あと三日しか命がなかったら……。

＊　＊

今日のジラフはいつになくお客さんが多い気がした。昨日ＫＵＭＩが倒れたことが嘘のように、いつもの日常がここに流れていて不思議な気持ちになる。

ＫＵＭＩはどうしているかな。

今朝は早く起きて、入院用の荷物をまとめてＫＵＭＩのところへ届けた。容態は順調に回復しているらしく、早くも普通の病室に移されていた。九時から検査が始まるとのことだった。まだ寝ているＫＵＭＩの様子を少し見てジラフに移動した。

きっと今このカフェでご飯を食べている人の中にも身内が大変な状態にある人がいるのかもしれないと思った。そんなこと今まで考えたことはなかったけど、もしそういう人がいたとして、私の一声で癒やされてくれたら嬉しいな、といつもより少し丁寧に優しい気持ちでお客さんに接した。

「海空ちゃん、交代！　お昼行って」

千鶴先輩の声がかかった。

ジラフは店の割にホールスタッフが少ないので、交代して、遅めのお昼休憩を頂く。キッチンスタッフが用意してくれたまかないパスタを受け取った。そのとき、カウンターの隅っこにアップルパイが積まれているのが目についた。

試作品
みんな食べて。
感想求む！　店長

「へぇめずらしい」

手に取って一口食べてみた。口の中でリンゴの甘さがふわっと広がる。

「おいしい！」

もう一口食べた。その瞬間、ＫＵＭＩにも食べさせたいと思った。

タイミングよく店長が通りかかる。

「店長！　このアップルパイ、もう一切れもらえますか？」

「え？」

「すごくおいしいから……。私の友達が入院してるんで食べさせてあげたくて。リンゴって栄養満点だから」

「どうぞ、どうぞ、いくつでもご自由に」

「ありがとうございます！」

おいしいと褒めたのがよかったのか、いつになく嬉しそうにオッケーを出してくれた。

と、店長がチラチラとこちらを見ている。私は不思議に思って「え？」と視線を送ると、

「いや、訛りのない海空ちゃんもいいけど……なんかちょっと寂しいね」と笑った。

「どっちなんですか」

「……だな」

「です」

二人とも力の抜けたような笑い方をした。

夕方には、ＫＵＭＩのお見舞いに行く。

ちゃんと謝らないといけない。私の今日の大切なノルマだ。

梅ちゃんと梅ちゃんの車で病院に向かった。

病室に、KUMIはいなかった。看護師に庭じゃないかと言われ、二人で庭に出て探すと、大きな木のそばにピンクのブランケットが見えた。KUMIだ。

KUMIは庭の芝生の上で寝転んでシャヴァーサナをしていた。梅ちゃんが近づいて顔をのぞき込んだ。

「ちゃんと息してる？」

KUMIが目を開けた。視界に梅ちゃんと私が映って驚いたようだ。一瞬、ビクッとしてそれからゆっくり息を吐きながら、

「あぁ……」と声にならないような返事をした。

「随分、力が入っているみたいだけど？」

梅ちゃんに言われ、かすかに笑いながらゆっくり起き上がる。梅ちゃんは優しく続ける。

「誰にだって思い通りにいかないことはあるんだから、焦らない。そんなときこそ……」

「ソーハム」と私が加勢した。

「そういうこと」と梅ちゃん。

KUMIが少し笑ったのを見て、梅ちゃんがKUMIのそばから私のほうへやってきて、

「はい、じゃあ私は何か温かい飲み物買ってくるから。海空のお土産のおいし～いアップルパイ食べなきゃ」と私の背中をポンと叩くと売店のある病棟へ走っていってしまった。

緊張した。二人きりで話すのは、あの喧嘩以来だ。これまでなんでも言いたいことを言ってきた私だけど、今日はどうしても顔が強張ってしまう。

「あ、これバイト先でもらってきたの。すごくおいしいの。KUMIにも食べてほしくて……」

すぐ本題に入れず、持っていたケーキの箱を開けて中を見せる。

「ホントだ……すごくおいしそう」

なんとか笑顔で応えようとしてくれるKUMIが痛々しかった。なのにそれで言葉が途切れる。どうしよう、話が続かない。というか謝らなきゃいけないのにうまく言いだせない。

最初に口を開いたのは、開いてくれたのはKUMIだった。

「失望したでしょ……こんな私」

驚いた。何を言われるのかと思ったら、こんなときまで、KUMIは人の目を気にしているのだ。

私は大きく頭を振った。失望してないよ、全然、と伝えたくて。

「KUMIはKUMI。今のKUMIもKUMIだから……」

そう言って私は、教わった標準語でなく青森訛りの話し方に戻っていることに気づく。

「今の私も私か。ほんとそうだよね。まずはそれを受け入れなきゃね」

KUMIは宙を見つめながら、ぼそりと言った。

そして少し自嘲気味に笑って、

「私、初めて挫折ってものを感じたんだ。辛いね……挫折って」

それから喉に溜《た》まった物を吐きだすように、

「私のこと……中身のない……女だと……思った？」と、途中三回くらい息継ぎをしながら言った。そして、すがるような目で私を見た。

ドキンとした。KUMIがこんな目をするのか、と思う。どんな答えが返ってくるのか不安でたまらないという顔。切なさがこみ上げてきた。私は無我夢中でKU

MIに言った。

「今の私があるのは、KUMIのおかげなんだよ。私が少しずつ自信持てたの、KUMIのおかげなの」

言いながら、私はKUMIと一緒に住み始めてからこれまでのことを思い出していた。

美人になるんだという私に、毎日顔パックをしてくれたこと。

マニキュア、ペディキュアの塗り方、そしてそれを塗る意味を教えてくれたこと。

ごてごてに服を合わせていた私に、シンプルな着こなしを教えてくれたこと。

丁寧にヨガのポーズを教えてくれたこと。

何より、自分に自信を持つことを教えてくれたこと……。

「ありがとう」心の底から声が出た。

気づくと、私はKUMIを抱きしめていた。腕の中のKUMIは、それでもまだ泣けずにぐずる赤ちゃんのように、我慢して気持ちを押し殺しているように感じた。

私は、そっとささやくように言った。

「泣いていいよ」

スッと息を吸うのが分かった。そして肩の力を少し抜いたのを感じたと同時に、

ＫＵＭＩは声を詰まらせながら泣きだした。

「気づいてあげれなくてごめん」私も、涙が止まらなかった。

腕の中で泣き続けるＫＵＭＩは、とても小さく感じて、私は赤ちゃんの背中をさするようにいつまでもＫＵＭＩの背中をさすっていた。


アップルパイを食べながら、三人でたわいもない話をした。きっと梅ちゃんは、篤史さんのことや、ブランドの話をするのはまだ時期が早いと思ったのだろう。病院の食事の話とか、胃の洗浄でお肌が綺麗になるに違いないとか、本当にたわいもない話をしていた。ＫＵＭＩもまだまだ身体に力が入らないようだったけど、梅ちゃんの話にふふふと反応して、ときにはお腹を抱えるほど笑ったりもした。

すっかり日も暮れて私と梅ちゃんは病院を出た。私は梅ちゃんに素朴な疑問を投げかけた。

「ねぇ、梅ちゃん」

「はい、なんでしょ」

「ＫＵＭＩって、ヨガインストラクターでしょ。ヨガは上手だし瞑想だってできるし、なんだってできるのに……どうしてあんなに追い込まれちゃったのかな」

「それは……ヨガインストラクターだけど、ヨガをやってなかったからじゃない？」

「へ？　ヨガをやってない？」

「自分のためのヨガ」

「自分のためのヨガ？」

「そ、教えることとやることとは違うでしょ」

私は忙しそうに、せかせかとしていたＫＵＭＩを思い出す。

「逆に、海空は今まで自分のためのヨガしかしたことないから、ＫＵＭＩの状態を理解するのは難しいかもね」

「……」

「忙しい状態にかまけて、自分のためにヨガをやらなくなったから、本当に必要なときに、その効果が発揮できなかったってことかな」

教えてもらった自分ばかりが絶好調な空気を漂わせ、ずるい気がしてならなくて黙ってしまう。

「でも、大丈夫」梅ちゃんは私の気持ちを見透かすように声色を変えて言った。

「へ？　何が？」

「ＫＵＭＩはちゃんとそれに気づく力を持ってる」

そうか、そのとおりだ。KUMIはちゃんと出口を見つけられるに違いない。少しホッとする。そしてふと、辺りが明るいような気がして顔を上げた。

「あ、満月！」

冬の空に、大きな丸い月が煌煌《こうこう》と私たちを照らしていた。

「ほんと……きれい」梅ちゃんもウットリしたような声で言った。

＊　＊

「わぁ……きれい」

私は窓の外に見える満月を見上げて言った。

そろそろ寝ようと思って病室の電気を消すと、妙に外が明るい気がしてカーテンを開けたのだ。そこには大きな月が輝いていた。そしてその月は病室のベッドに真っ直ぐと光を届けていた。

私は吸い寄せられるようにその光の上に、スカーサナで座った。胡座の状態だ。

そしてそっと目を閉じた。

心がしんとしていた。沢山の不安がずっと遠く昔のことのように感じて、あの辛さを思い起こそうとしても思い起こせない感じがした。

そのまましばらく、瞑想を楽しんだ。


翌朝、目が覚めると私は、庭で出会った老人、佐藤さんのことを思い出していた。もう一度会いたかった。食事が終わって、散歩に出てもいい時間になって、私は看護師に訊いて上の階にある佐藤さんの病室へ向かった。

それらしい部屋はすぐに見つかった。なぜなら、ドアの開いた病室の中に佐藤さんの奥様の姿を発見したからだ。けれど、ベッドは綺麗に片付けられ、さらに奥様が荷物の整理をしているようだった。退院してしまったのだろうか。

私は、コンコンと壁を軽くノックをした。

「あの……すみません。もしかして、退院されたんですか?」

奥様は私を見てすぐに気づき、

「あ、あなた、この間の……てことは、KUMIさん?」

私は突然自分の名前を言われて驚いた。まさか佐藤さんが私のことを知っていたとも思えないし、私の載っている雑誌を愛読しているとも考えにくかった。不思議に思いながらも答えた。

「……はい、そうです」

「私、佐藤の妻です。佐藤は……今朝早く亡くなりました」

あまりに毅然《きぜん》と言われて、最初意味が分からなかった。その言葉が死を意味していると理解して私は呆然《ぼうぜん》とした。

「え……亡くなった？」

「昨日はあんなに元気だったから、私もまさかって」

奥様は一瞬、喉を詰まらせた。

「どうして……」

「ガンだったの」

すぐに信じることはできなかった。頭の中に「あと三日しか命がないと言われたどうする？」と言った佐藤さんの穏やかな顔が浮かんでいた。

「あ、ごめんなさいね」

私が何も言えずにいるのを思いやるように奥様が言った。

「でもしんみりしないで。あの人しんみりされるの嫌いだったから」

そして「あ、そうだ」と何か思い出したらしく、ゴソゴソと整理していた箱の中を探って、手紙の束を取りだした。どれくらいの間入院されていたのだろう、きっと入院中に届いたハガキや手紙を奥様がそのつど届けていたに違いない。

その中から二つ折りのカードのようなものを取りだした。

「これ、あなたに渡してって」

私はそれを受け取った。広げると、中にはメッセージが書かれていた。

しっかり自分を見つめて、
心の声を聴きなさい。

ハッとした。今、佐藤さんに会って、言ってほしかった言葉、聞きたかった言葉がここに書かれているような気がした。メッセージはまだ続いていた。

素敵な女性に成長しましたね。再会できて実に嬉しかったです。

佐藤春夫

「え……再会？」

再会という意味を今一度考える。それから、どこかで会ったことがあるか記憶の中を探る。だけどまったく思い出せない。困った顔をしていたのだろう、

「佐藤は……四十年間教員をしていました」とヒントをくれるように奥様が言った。

佐藤さんは先生だったのだ。小、中、高……いつ？　私が答えを見つけられないでいると、

「成城《せいじょう》小学校」とさらに付け加えるように言った。

成城小学校、紛れもなく私の母校だ。私の記憶は引き返す波のように小学校のころへと引き戻されていく。

あれは、小学校三年から四年生のころだ。その二年間、佐藤先生は私の担任だった。佐藤先生の面影がだんだんはっきりとしてくる。いつもきっちりとしたスーツ姿で必ずネクタイを着けていた。子ども心に英国紳士のようだと思ったことを思い出す。

負けず嫌いの私に「できることとできないことがあるのは当たり前のこと、できないことを悔しく思うのも大事だけど、そればかりにこだわらずに、できること、得意なことをもっと伸ばすようにしてごらん」と言ってくれた。几帳面《きちょうめん》で頑張り

屋の私はその言葉で少し楽になった。

あれこれ数珠つなぎに佐藤先生の思い出が浮かび上がる。

「思い出してくれた？」私の顔を覗くように奥様が言った。

私は込み上げる気持ちを抑えながら頷いた。


まもなく十二月になるというのに、随分と暖かい日だった。喪服の黒が日光を吸収して、むしろ暑いくらいだった。

佐藤先生の話を聞いた海空と梅ちゃんが一緒にお葬式に行くと言いだした。私の体調を気遣ってくれたのは言うまでもないけど、心強かった。そして今三人で葬儀に参列している。

葬儀は、世田谷のとあるお寺で執り行われた。長い間教員をしていた佐藤先生らしく、参列する人たちも教育に携わる人が多いように感じられた。

お焼香、読経が終わり、喪主の挨拶と続いた。喪主は奥様だった。長年連れ添った旦那様を亡くしたのだ。さぞ心許《こころもと》ないだろうに、それをみじんも感じさせない毅然とした態度で挨拶をされた。その中に、教員時代の佐藤先生の話が出てきた。

それは一日の最後、終わりの会での話だ。

「今日はどんなことがありましたか？」

ようやく静まった四年二組の教室の中に佐藤先生の声が響く。

もう二十年近く前のことなのに、その声はものすごくはっきりと思い出された。

佐藤先生は、毎日終わりの会で生徒たちに一日の振り返りをさせていた。胸に手を当てながら。

「それではいつものように胸に手を当てて」

誰もかれもが胸に手をやる。もちろん私も。

「今日一日のことを思い出してみましょう」

佐藤先生は、子どもたちの間をゆっくり縫うように歩きながら、

「一番楽しかったことはなんですか？」と問いかける。

私は、休み時間に校舎の裏にある飼育箱のウサギを見に行ったことや、誰もいない校庭で朝礼台に上がって、こっそり歌を歌ったことなんかを思い出す。

「そのときの気持ちを思い出してみましょう」

うっかりクスッと笑ってしまったこともある。

「どうしてそれが楽しかったのだろう？　自分の心にきいてみましょう」

「心にきく」ということがどういうことか、分かっていたのかどうか覚えていない

けど、耳を澄ますようにして何かを感じようとしていたことは覚えている。

それにしてもどうして毎日毎日、あんなことを佐藤先生は子どもたちにさせていたんだろう。

そのとき奥様の声が耳に入ってきた。

「主人はいつも口癖のように言っていました。大切なのは自分を知ること。ちゃんと自分が見えていたら、迷うことはないと……」

そうだ、佐藤先生はそれを教えたかったのだ。

「しっかり自分を見つめて、心の声を聴きなさい」

あの手紙の言葉は、二十年前、子どもたちに言いたかったことと同じことなのだ。自分さえ見失わなければ、必ず答えが見つかる。そんなシンプルなメッセージなのだ。

私は、自分が見えていなかった。見失っていた。人から見える自分ばかりが気になって、自分の本質を見ようとしていなかった。

フワッと目の前が明るくなった気がした。顔を上げると、奥様の腕のなかで遺影の佐藤先生が「そうそう、その調子」と笑っているように感じた。

しっかり自分を見つめて
心の声を聴きなさい

参列者がぞろぞろと退出していく。

私は奥様に深々と頭を下げた。

「時間があるときは、会いに来てやって」そう言って奥様は私を見送ってくれた。

帰り道、私は誰に訊くともなしに言った。

「不思議。なんで今、このタイミングで再会したんだろう」

「再会すべき何かがあったのよ」梅ちゃんが答えてくれる。

そう、きっとそうなんだと思う。だから人生って不思議なのだ。そのときどき、一番会うべき人に会えたりする。そしてなぜか一番聞きたい言葉が聞けたりする。どこかずっと高いところから、一人途方に暮れている姿を「悩むのも人生」なんて余裕な顔で見ている人がいて「あら、泣いてる。じゃあこの人と会わせてみましょう」なんて楽しそうに出会いを操っているんじゃないかと思ったりする。

私は言えずにいた想いを海空と梅ちゃんに聞いてほしくなった。

「私ね、何もかも……奪われたって思ったんだ」

急にマジメ顔になる二人。

「もともと誰のモノでもないのにね」

あのとき佐藤先生に会わなかったら、いまこんなふうに考えることができたか分からない。

佐藤先生は「何もかも失っちゃった」と言った私に、簡単な質問に答えるかのようにさらりとこう言ったのだ。

「それは、もともとあなたの物だったんですか?」

私は、ハッとした。私のモノかどうか……。

まず篤史のこと。篤史に縛られたくないなどと、縛ってもいない篤史に対して思っていたのは私だ。だから篤史を失ったと思うのはお門違い。むしろ篤史を縛っていたのは私だ。

そして『マヴェルニ』の表紙。誰も表紙は私のモノだなんて一言も言ってない。もっと言えば編集部は、より『マヴェルニ』の人気を上げるためにあれこれ策を考えているだけだ。私に何か苦しむようなことをしてやろうなんて気は毛頭ない。勝手に自分のモノにして勝手に奪われたと思っただけだ。

ヨガウエアブランドに至っては、誰の力も及ばない出来事だった。もしその言葉が嘘だったとしても、それなら逆に悪いのは私じゃないか。だって私の魅力がなくて、KUMIのディレクションだと売れないと判断したからプロジェクトを中断したのかもしれない。失うどころか迷惑をかけたと思わなくてはいけない。

「そう。私のモノっていう意識は、ときに人を狂わせますね」

佐藤先生は言葉を添えるように言った。その表情はまるで解脱した僧侶のようだった。

私は、海空と梅ちゃんに話を続けた。

「私、ヨガを教えていたのに自分ではまったくヨガをやってなかったんだと思う。だからどんどん自分が見えなくなって……。私ね、考えてたの。私に今一番必要なことってなんだろうって」

「答え見つかった?」と海空。

「私に今一番必要なことは、ひと目を気にせず自分自身を見つめ直すこと。そのためにもちゃんとヨガと向き合わなきゃいけない。私、もう一度自分のヨガを見つけたい。それで。それで……」

「それで?」二人が興味津々に訊いてくる。

「ヨガを通してたくさんの人を幸せにしたい」

言い切るとちょっぴり恥ずかしくて、とってもスッキリした。

「すごいよ。KUMI。やっぱりKUMIはかっこいい!」と海空が私に抱きついてきた。いつもの海空だ。

梅ちゃんもホッとしたという顔。私はみんなに心配されていたんだと今更ながら気づく。

私、一歩踏みだせた？　心の中で二人に訊いた。

＊　　＊

ＫＵＭＩは退院してしばらく家でゆっくりしていた。

私は、バイトに家事、そしてヨガの日々を繰り返していた。ＫＵＭＩはヨガインストラクターの仕事も休んでいたので、私はほかのヨガスタジオに通っていた。二人での朝ヨガは再開していた。ゆったりとだけど。私たちの仲も良好だった。ときどき一緒にソーハムにも行った。梅ちゃんも二人で来るのが当たり前のように迎えいれた。十分に満足な日々。だけど何か心に引っかかっていた。

それがなんなのか……ぼんやりとつっかえる何かだった。

ある日の午後、私がいつものように洗濯物を畳んでいると、ＫＵＭＩがやってきて言った。

「お金……貯まった？」

私は、あまりにも突然の質問で、面食らった顔をしていたと思う。

「なんとか……」

「じゃあ、この家出ていける？」

え……。積み重ねたばかりの洗濯物が倒れて足元に崩れるのが分かった。

たしかにずるずると居候を続けていたことは認める。だけど、そんな急に言わなくたっていいじゃない？　しかももう少し優しい言い方ってない？「そろそろ、それぞれの生活を大切にしない？」とか？　いやそんな言い方されたら遠回しなだけで、余計傷つくかもしれない。私の返事を待たずにＫＵＭＩが口を開いた。

「私ね、インドへ行こうと思うんだ」

「インド……えぇ⁉」

それがどういう意味なのか、勘の悪い私にだって理解できた。

佐藤先生のお葬式の帰り、ＫＵＭＩは言った。ちゃんとヨガと向き合う、自分のヨガを見つけたい、と。そのＫＵＭＩが今、インドへ行くと言っているのだ。一週間の旅行とかそういうレベルではないだろう。ＫＵＭＩの次の言葉を待つ。

「ごめん、驚かせて。もちろん日本でヨガをするという選択肢もあるんだけど……。一旦すべてをリセットさせたいの。何もないところからスタートしてみようと思ったの。だから……」

ごもっともだ。KUMIの選択は正しいと思う。

「いつ、から？」

「まだはっきり決めてないけど、一か月以内に身辺整理と準備をして出発したいかな」

突然すぎて動揺してしまうけど、やっぱりKUMIってすごい。

KUMIは今スタート地点に立っている。私もこの家を出て、KUMIのいない東京の街で再出発しなければならない。再出発……。

「あ！」思わず叫んでしまった。

KUMIは「何？」と怪訝《けげん》な顔。

突如、分かったのだ。このところの心のもやもやが、何か。

私は、再出発どころかまだ最初の出発の身辺整理すらできていなかった。青森から黙って家出をして、とっちゃとは何も話さずじまい。居候のことは、かっちゃにさえ言ってない。あくまでKUMIと同居していることになっている。ごまかしたままのことをまず正直に話さなければならない。

そしてそもそも青森を出てきた理由……かっちゃみたいな人生を送りたくないという思い。リンゴに捧げる人生なんて耐えられないという、とっちゃとかっちゃを侮辱した考え。そんなふうに思っていたことを謝りたかった。

ＫＵＭＩが倒れたとき、私に謝るきっかけを与えてくれたのは紛れもなくジラフの「アップルパイ」だった。

幼いころから「一日一個のリンゴは病気知らず」とリンゴ農園の受け売りみたいな言葉を聞かされて育ったけど、信じたことはなかった。どうしてあのときその言葉が頭に浮かんだのか。でもその言葉を信じて、ＫＵＭＩに食べさせなきゃと思ったのだ。そして、大袈裟だけど「リンゴ」がＫＵＭＩを助けるんだと少し得意気になったのだ。

リンゴが大嫌いで逃げだしたのに、まさかリンゴに助けられるなんて笑ってしまう。とにかくかっちゃと話したかった。

「ね、ＫＵＭＩ、私のかっちゃに会ってくれる？」

ＫＵＭＩは、何を言いだすのかと思ったら、という顔をしてからニッコリ笑って「もちろん」と言ってくれた。

「あぢぃあぢぃ（暑い暑い）」

首に巻いたマフラーを取りながら、かっちゃがジラフの前を通り過ぎていった。

すぐに分かって私は慌てて声をかける。

「かっちゃ、ごごだでごご（ここだよ、ここ）」

手荷物やら、防寒着やらで、ごてごてになっている。さすが私のかっちゃだ。青森でもあるまいし、雪もないのになぜかスノーブーツだし、青森にしか売っていない微妙な紫色で雨風も避けられる完全防寒のコートを着てきているし、いったいどこに来るつもりだったのか、それじゃ、暑いにきまってる。

かっちゃは私の顔を見つけると、上から下までジッと確認して言った。

「おめぇ海空だか（あんた海空なの？）」

「おめぇの娘のつらば、忘れてまったんず？（自分の娘の顔、忘れたの？）」

なんだか照れくさい。ＫＵＭＩのおかげですっかり様変わりしたのは自分でも分かっているから。

「ここだの？（ここなの？）」

どこか遠くの国の宮殿にでも連れてこられたかのようにかっちゃは店を覗く。

「んだ」

「こったに（こんなに）ハイカラなとこなの」

嬉しそうに吐息を交えながら言った。素直に嬉しい。今でこそ我がもの顔で働いているけど、始めてこの店の前で「ソーハム」と気合い入れをしたことは、今でも忘れていない。

「んだよ（そうだよ）。どってんしたべ（びっくりしたでしょ）」

「どってんするもなんも（びっくりするもなにも）、おっかちゃおっけてまうでこだじゃ（お母さん、腰抜かしちゃうじゃない）」

道行く人が、どこの言葉？　と奇妙な目で見ている。かっちゃは気持ちいいくらい周りの目なんか気にしない。私も、あんなにこそこそとしていたのに、今となっては人の話せない言葉が話せるんだという誇りすら感じる。勝手なもんだ。

かっちゃは、私が送った手書きの地図を握りしめていた。

そう、今日はＫＵＭＩや梅ちゃんをかっちゃに紹介する日なのだ。私はなぜか、少し緊張している。きっと彼女を紹介する彼氏の気持ちってこんな感じだと思う。

「あぁ、お母さん。到着されましたか」

店長が気づいてやってきた。

かっちゃは慌てて風呂敷の中の菓子折を差しだすと、

「うちのめらしが（うちの娘が）むったどへわさなってまって（いつもお世話になりまして）」と深々と頭を下げた。

「いやいやいや、こちらこそいつもおいしいリンゴ、ありがとうございます」と店長。

「ん？　いつもおいしいリンゴ？」私は意味が分からない。

店長は、嬉しそうにニンマリ笑うと、

「そ、うちの名物、アップルパイ！」と得意気に言った。

「え？　へばだば毎週あのリンゴ、ウチの実家から？」素っ頓狂な声が出てしまった。私は店長の予想通りの反応をしたのだろう、店長はおもしろくって仕方ないという表情だ。

「娘さんが一口食べたときから、『おいしい、おいしい』って言うもんだから、ついに商品にまでなったんですよ、な」と最後にこちらを向く。

つ、つまりＫＵＭＩを救ったあの「リンゴ」は、わぁ（私）が世話したリンゴだったってこと⁉　嬉しいというのか、何も知らずに褒めちぎっていた自分が恥ずかしいというのか、とんでもなくこそばゆい感じだ。

かっちゃはかっちゃで嬉しそうに何度も頷きながら、店長の話を聞いている。

「あぁ～もういいから、かっちゃ」

私はかっちゃの背中を押して店内に連れていく。

「なして、なもすかふぇねんずさ（なんで何も言ってくれなかったの？）わぁ、なんも知らねはんで、めぐせぇべさ（私だけ何もしらなくて恥ずかしいでしょ）」

ぼやく私にかっちゃは、言ったら言ったで恥ずかしいからやめてくれって言うじゃない、とこれまた誰も分からないようなきつい方言で言った。

もう、みんなして私に黙ってるんだから、と拗ねていると、

「何ブチブチ言ってんのよ」とテーブルで私たちを待っていた梅ちゃんが口を挟んだ。

「いえ、内輪ごとでして」と依然拗ねたままの私。

「いや、なんでもかんでも恥ずかしいって言うあんたが悪い」

ん？　一瞬空気が止まる。

なんで分かったの？　方言だったのに……。

横に座っていたＫＵＭＩもきょとんとしている。きっとＫＵＭＩにはなんの話かさっぱり分からなかっただろう。私は不思議に思い、

「……分かったの?」と訊いてみる。

ふいに梅ちゃんの表情が変わった。私は身構えた。

「したばってかっちゃ(だけどおかあさん)、みぐもたんげさがしくなりましたよ(海空もとても成長しましたよ)」

「えええぇ!」

それは流暢《りゅうちょう》な青森弁だった。今度は私だけでなくKUMIもびっくりしている。KUMIは何? どういうこと? という顔で梅ちゃんを見ている。

梅ちゃんは、だから何? と言わんばかりに、

「津軽、五所川原《ごしょがわら》出身の梅之助です。よろしくたのむっきゃ」とやっぱり流暢な青森弁で続けた。

「梅ちゃん、青森出身だったの?」

私とKUMIの声がシンクロする。

涼しい顔で「まあね」という表情だけのリアクション。

何も知らないかっちゃは、同郷がいるなんて安心、といった様子で素直に挨拶している。

「こちらこそ、むったどうちのめらしがへわさなって……」

これは、ほとんどコメディ映画の域だ。見たことはないけど、大阪の吉本新喜劇というのはこういう感じなのではないだろうか。みんなが思い思いに話をしだす。とにかく、もうとっちらかって収集がつかない。

そこへ店長が、だめ押しにアップルパイを持ってくる。

「お母さんの愛情リンゴのアップルパイ、お待たせしました！」

皆でかっちゃが、いや私も含む本沢家が大事に育てたリンゴを丸ごと使ったアップルパイを頂いた。

かっちゃは、みんなが食べるまでアップルパイに手をつけなかった。まるで自分がアップルパイを焼いたみたいに……。そして分かった。

かっちゃは本当にリンゴが好きなのだ。私が憎らしいとまで思ったリンゴを。

かっちゃにとってリンゴ農園に嫁いだことは、不幸でもなんでもなかったのだ。むしろリンゴを育てることに幸せを感じていて、来る日も来る日も、手間のかかるリンゴの樹と向き合って、ようやく実る赤いリンゴを自分の子どものようにかわいく愛しく思っていたのだ。子どもが褒められて嬉しくない訳がない。そういう表情をしていた。

かっちゃはリンゴに捧げる人生を誇りをもって選んだのだ。かっちゃに謝りたかった。あんなふうに思ったりしてごめんなさい。

私は、ＫＵＭＩから聞いた佐藤先生の「見方一つで人生って変わる」という言葉を思い出していた。

＊　＊

「インドでヨガかぁ」

若尾編集長は、スタジオ全体に響くような声で言った。

「どっかで取材させてよ。特集組むから」

編集長のどこかあっけらかんとした性格に助けられる。

退院後、しばらくは『マヴェルニ』を休みたいと電話で言ったとき、少しだけ沈黙して、「それが今、ＫＵＭＩの出した答えなら仕方ない。尊重するよ。だけどこのあとどうしていくのか方向性が決まったら、それは教えてくれ」といつもの編集長にはない真面目さで言ってくれた。私は、こんなに大切にしてもらっていたのに何をしていたんだろうと反省した。そして感謝した。

方向性が決まった今、その報告をしに撮影スタジオを訪れたのだ。

「がんばれよ。お腹こわさないように気をつけてな」と明るく握手を交わした。

編集部の面々もいつもどおり熱心に撮影をしていた。私は邪魔をしないように、そっと脇を通り抜けて、メイクスタンバイルームへ向かった。ＲＩＳＡのいるスタンバイルームへ。でも正直、ＲＩＳＡに会って、何をどうしたいのか、自分でも分かっていなかった。

篤史とはあの喧嘩から連絡が途絶えたままだ。もしかすると梅ちゃんからそれなりの報告を受けたかもしれない。だけど梅ちゃんは私にとやかく言ったりはしない。それに関しては私たちの問題だと思っているのだろう。

黒いドレスに包まれたＲＩＳＡが準備を終えそこにいた。携帯で誰かとメールのやりとりをしている。私は開いたままのドアを軽くノックした。顔を上げたＲＩＳＡが鏡越しにこちらを見た。私はドキッとして、

「あ、個展のこと何か聞いてる？」と、咄嗟に言ってしまった。

我ながら変な質問だ。ＲＩＳＡはＲＩＳＡで久しぶりに会った私がなんの話をしているのか考えを廻《めぐ》らせて、少しの間をあけて理解したらしく、

「あぁ、篤史さんのこと？」と単刀直入に訊いた。

私は素直に頷いた。すると意外そうな顔をして、

「もしかして、知らないんですか？」

今度は私が、なんの話か考える。だけどＲＩＳＡはさほど間をあけずに続けた。

「私、振られたんですよ」

え……、動揺する私。ＲＩＳＡが告白したということにも動揺したけど、それより篤史はなぜＲＩＳＡを振ったのだろう。

「だって、篤史さん、ＫＵＭＩさんしか見てないもん」

「……」

「私、全然相手にされませんでした。篤史さん、ＫＵＭＩさんのこと……待ってると思いますよ」

と、照れくさそうにニコッと笑った。そのとき、ＲＩＳＡを呼ぶ声が聞こえた。

ＲＩＳＡは、じゃあと小さく頭を下げてメイクルームを出ていった。

心の中にずっとしまっていた小さな種がぷちんと弾《はじ》けて、どんどん大きくなってくる。みるみると大きくなって、その芽が口から出てしまいそうだった。

私は急いでスタジオから出ると、篤史にメールを打った。

『篤史、今どこ？　迎えに来て』
それを送ってから、一呼吸した。
今、一番言いたい言葉を探した。そしてもう一度メールした。
『会いたい』
私は篤史が好きだ。大好きだ。ずっと、ずっと好きだった。
一旦、口から出た芽はもう元に戻せそうになかった。

＊　＊

「奇跡！」梅ちゃんが叫んだ。

「ホント、まさか段ボール三つに納まるとはね」と私。

「物が多すぎるって言ったの海空だよ」とKUMI。

確かにそう言いました。だけど、誰があれだけの荷物がこの三つになると想像できただろう。

インド行きを決めたKUMIは潔かった。何に使うのか分からないオブジェを始め、大きな本棚やカップボード、そのほかの家具類すべてを売り払った。リビングやダイニングにあった物はほとんどが大きな物だったので、それらがなくなっただけで、部屋の中はがらんとした。

問題はKUMIの部屋に溢れるほどある服や靴やバッグ、そしてアクセサリーだった。何があるのかまとめるだけでも数日費やしそうだった。なのにKUMIはまた私の意表をついた。全部まとめてリサイクルショップに引き取ってもらうようにしたのだ。あとはリサイクルショップを信用するだけ。心配する私にKUMIは「引き取ってくれるだけありがたいと思わなきゃ」と清々《すがすが》しいくらいの笑顔で言った。それは憑《つ》きものがとれた人のような清々しさ。KUMIは完全にリセットしたみたいだった。

そして今、この段ボール三つが残ったということだ。大切な本や思い出の写真などそして最低限の衣類と生活用品を入れて三つに納まったのだ。まさに奇跡としか言いようがない。

　私たちはそれぞれ一つずつ段ボールを抱えてＫＵＭＩの部屋を出た。階段を下りていると、梅ちゃんが上着を忘れたと言って、部屋へ取りに戻った。ふと見ると、ＫＵＭＩは、引越には丁度いいブルーのチェックのネルシャツを着ていた。だけどネルシャツなんてＫＵＭＩのワードローブにはなかったものだ。指摘すると、ＫＵＭＩは頬をピンクに染め、見たことのないはにかみを交えた笑い方をした。

「何？　今の笑い」

「え、別に」

　それだけでピンときた。そのシャツは篤史さんの物だと。

　それで分かった。ＫＵＭＩはちゃんと篤史さんにも謝ったのだ。そして伝えたのだろう、自分の想いを。

　思い起こすと確かに一日、帰りが遅くなると連絡をもらった日があった。私は先に寝たので、その日ＫＵＭＩが帰ってきたのかどうか知らない。どうりで清々しい表情になる訳だ。勝手にあれこれ想像しながらあることに気づく。

「え、でもひどくない？　せっかく結ばれたのにすぐ離れればなれ？　ひどい！　Ｋ

ＵＭＩってば鬼！」

「仕方ないでしょ。なんでも思うとおりにはいかないんだから」

妙な余裕が悔しい。大人の恋愛ってやつですか？　まだまだ私には、分かりそうにもない。

マンションの前には梅ちゃんが用意してくれた軽トラックが停まっていた。このあと私の新居に荷物を運ぶのだ。ＫＵＭＩのマンションの十分の一もない小さなアパートに。そこで私の新しい生活が始まる。

私にはまだ、これといった目標はなかった。だけどそれを見つけるためにも、ここ東京で頑張らせてと、かっちゃにお願いした。電話でとっちゃにも話した。とっちゃは、低い声で「仕方ねぇ」と言っただけだけど、それは「頑張れ」を意味してると私には分かった。

ＫＵＭＩが帰ってくるまでに、答えを見つけられるだろうか……。いや、見つける、見つけてみせる。きっと。

私とＫＵＭＩはトラックに段ボールを積んだ。段ボールの上にはＫＵＭＩの名前が書かれていた。「唐沢空美」と。

「ね、ＫＵＭＩの名前と私の名前って似てない？」

「え？」

「だってＫＵＭＩは『唐沢空美』で空が美しい。私は『本沢海空』で海と空」

言いながら、私はエプロンのポケットからマジックペンを取りだし、段ボールの『唐沢空美』の下に『本沢海空』と書き添えた。

ＫＵＭＩはじっとそれを見て、

「ホントだ、上から読んでもミクとクミ。下から読んでも……」

「ミクとクミ！」私は嬉しくて叫んでしまった。

「ちょっと、あんたたち」

上着を取って下りてきた梅ちゃんが声をかけた。

「あんたたち最初、絶対に合わないって思ったのに……見事期待を裏切られた」

「え？」

「だって今じゃすっかりコンビ？　あ、姉妹にも見えるかな」

「え？　姉妹？　ほんとそれ？」ＫＵＭＩが嬉しそうに訊く。

梅ちゃんは並んで立っている私たちを品評するように見ている。照れくさいけど嬉しかった。

ＫＵＭＩと海空。あまりにも凸凹《でこぼこ》の二人。

誰かと出会うことが奇跡なら、私たちの出会いもまた奇跡。

人はいつでも道に迷って、そのたびに何かを求めてもがくけど、その答えは、自分の中にある。自分の中に。

それを気づかせてくれて……。

「ありがとう」

私の気持ちを読んだかのように突然ＫＵＭＩが言った。

「私も、ありがとう！」

私はそう返すと嬉しくなってＫＵＭＩにハグした。

「ちょ、ちょっと。私はのけ者？」

梅ちゃんも私たち二人に抱きついた。私たちは子どものように、じゃれあった。

三人で揺られる軽トラは、狭かったけど、なんだかとっても幸せな空間だった。

最近、冬が来るのが遅いのよ、と梅ちゃんが言った。

空は晴れ渡っていた。

人はいつでも道に迷って
そのたびに何かを求めてもがくけど
その答えは、自分の中にある
自分の中に

祥伝社文庫

シャンティ デイズ　365日《にち》、幸《しあわ》せな呼吸《こきゅう》

平成26年10月20日　初版第1刷発行

［著　者］永田《ながた》 琴《こと》

［発行者］志倉知也

［発行所］祥伝社
東京都千代田区神田神保町3-3
〒101-8701
電話　03（3265）2081（販売部）
電話　03（3265）2087（編集部）
電話　03（3265）3622（業務部）
http://www.shodensha.co.jp/

［印刷所］萩原印刷

［製本所］ナショナル製本

［デザイン］BALCOLONY.

［写　真］© 2014「シャンティ デイズ　365日、幸せな呼吸」フィルムパートナーズ

Printed in Japan　©2014,Koto Nagata　ISBN978-4-396-38077-9　C0193